FREDERIC D'ACUNTO

EUX

ROMAN

« Le trente-et-unième siècle : c'est parce-qu'Ulysse avait terrassé le Cyclope, et ainsi sauvé Télémaque, Thémis et Noumaïos, que les Dieux de l'Olympe imaginèrent cette terrible vengeance. »

Ulysse 31. 1981

SOMMAIRE

CHAPITRE I - LE PROJET.

Quelques gratte-ciel étendent leur hauteur, ces majestueux édifices, défilant d'une allure stagnante en architectures enhardies, dévoilent autour d'eux l'aurore ensoleillée d'un printemps juvénile. Les vitres des buildings reflètent les rayons du soleil, eux-mêmes transpercés par les fumées d'hydrocarbures pour terminer leur ascension dans un sillon d'horizon fallacieux. Pollution. Au-dessous, autour des géants, l'ancien fréquente le moderne, s'imbriquant adroitement sur une superficie étendue. C'est la ville, la grande ville, la mégalopole ; une cité qui a amplifié son envergure en une courbe irrégulière depuis sa genèse. Les rues, ponts, boulevards, avenues serpentent et se croisent en des dizaines de milliers de points singuliers entre des myriades de bâtiments de formes distinctes. À cette heure-ci, un concert va commencer ; ce récital sublimement interprété tous les jours sans relâche par les citadins : la symphonie des klaxons. Les conducteurs kiffent buzzer sur cette partie de leur engin à moteur, qui les rend parfois schizophrènes. C'est assez incroyable ce que le

5

comportement d'un être censé peut varier lorsqu'il conduit ; un agneau deviendrait loup. Et c'est un énième canidé, empressé de rajouter des mesures bancales à la symphonie cagneuse, qui réveille brusquement Estelle et Franck.

— Voilà, ça ne va pas me manquer ce genre de réveil, dit Franck en baillant.

— Bonjour mon cœur, et bien moi non plus !

Elle l'embrasse.

— Tu as bien dormi ? Demande Franck.

— Bof, cauchemars, comme d'hab...

— C'était quoi cette fois-ci ?

— Je sais plus, mais j'ai encore eu peur, attends.

— Bon, reste au lit, je vais nous préparer le petit-déjeuner.

Pendant que Franck est dans la cuisine, affairé à concocter un fin mets matinal, elle tente de se remémorer le sujet de son cauchemar. C'est souvent nébuleux de se souvenir de nos rêves, certains reviennent instantanément avec nous et d'autres, non. La fluctuation de notre mémoire entrave souvent notre capacité à revivre les instants fabuleux du sommeil, mais Estelle veut savoir à chaque fois ; que ce soit douloureux ou pas, elle veut savoir.

— Alors ? Crie Franck de la cuisine.

— Toujours rien...

— Bah, laisse tomber pour une fois non ?

— Encore un peu et je te rejoins.

Elle n'a pas vraiment de méthode pour arriver à ses fins, elle se concentre juste en fermant les yeux. Soudain, elle s'exclame :

— Oh non, encore !

— Quoi ? Demande-t-il, tout en tartinant des toasts.

Estelle se présente soudainement devant lui en superbes yeux bleus écarquillés et vociférant :

— Encore ce foutu cauchemar !

— Euh... lequel ? Tu en as tellement.

— L'homme sans tête.

— Ah, il te poursuit et tu n'arrives pas à courir, c'est ça ?

— Oui mon cœur, t'es tout proche de moi, mais je peux pas te rejoindre, mes jambes sont lourdes, j'arrive pas à avancer... J'arrive même pas à t'appeler, aucun son ne sort de ma bouche. Je sais qu'il va m'attraper et tu ne peux rien faire. C'est terrible ce cauchemar, j'en ai marre !

Il la prend aussitôt dans ses bras protecteurs pour lui dire :

— Tu sais, ce que l'on va vivre à partir d'aujourd'hui va t'aider à surmonter ces frayeurs, j'en suis sûr.

— Tu crois ? C'est pas évident d'imaginer qu'on va passer des nuits calmes là-bas.

— Peut-être pas, mais ton esprit va sûrement se focaliser sur d'autres choses ?

— J'espère que tu dis vrai, c'est le jour J ?

— C'est le jour J mon cœur.

Il y a quelques jours, Franck, un étudiant en lettres eut cette idée saugrenue lorsqu'il passait une soirée avec ses amis de fac, de tester leur capacité à vivre le plus longtemps possible dans une forêt. D'être ainsi coupés de la civilisation, en marge d'une vie urbaine assistée. Ce soir-là, plusieurs verres de whisky ingurgités savamment ont fait germer dans son esprit fécond une graine de haricot géant qui percerait les nuages de leur routine. C'est du haut de son mètre quatre-vingt-cinq, enfoui dans une salopette à la mode, qu'il exposa son concept aux autres.

Il faut dire que Franck est un jeune homme doté d'un charisme manifeste, établi. Il utilise souvent cette faveur innée pour véhiculer ses idées en de propices prédispositions.

Marc fut le premier à réagir, lui c'est son ami de toujours ; ils vivent dans le même quartier, fréquentent les mêmes écoles depuis leur enfance et leur parcours scolaire les a réuni dans cette université. C'est un garçon timide, emprunté et bègue ; il puise parfois en Franck l'assurance qui lui fait défaut. À

peine l'exposition du projet terminée, il leva maladroitement son verre en renversant une partie de son contenu sur sa chemise pour dire en bafouillant :
— Je...s je s...suis partant Franck, c'est une, une... sacrée bonne idée.
En poussant ses lunettes sur son nez trop fin, il regarda les autres, et lu sur leurs visages pantois qu'ils n'étaient pas aussi promptement emballés que lui ; il se rassit aussitôt. Quant à Estelle, elle approuva aussi rapidement, la jeune fille se leva à son tour en passant gracieusement une main dans sa chevelure blonde et posant l'autre sur l'épaule de Marc pour dire :
— Je suis partante aussi, c'est une sacrée bonne idée mon cœur.
Le reste de la soirée fut consacré à ce sujet. Il restait à convaincre Nadia et Jean, le deuxième couple de la bande, puis Roman et Lucy qui sont cousins. Quelques heures de réflexion pour les quatre derniers ont été nécessaires pour dire à Franck : « C'est d'accord pour nous aussi, c'est une sacrée bonne idée. » Le projet était validé.

Cela fait trois ans que les sept amis sont à l'université, mais leurs études ne les emballent pas trop et ils s'ennuient aux cours. Leur amitié s'est forgée grâce à une philosophie commune qui consiste à ne pas se contenter de ce que l'on voit en premier plan. Pour eux, il existe souvent des alternatives, des contours, des miroirs de vérité naissant d'improbables perspectives. Ces curieuses réflexions morales ont progressivement soudé leurs liens, et le séjour que Franck a imaginé paraît être une résultante naturelle de ces investigations. Ils veulent découvrir ce que serait leur existence dans un environnement austère, si leur comportement en serait subséquemment bouleversé. La veille de leur départ, ils se donnèrent rencard dans une salle commune de la fac afin de peaufiner le projet. C'était une petite bibliothèque avec une haute armoire ne contenant que des livres d'auteurs contemporains. Franck arriva le premier, prit un bouquin et s'assit sur une chaise près de l'unique fenêtre. Il effeuilla à peine l'ouvrage lorsque Marc entra, rapidement rejoint par Estelle, Nadia et Jean. À ce moment, les cousins étaient encore chez eux, car ils n'avaient pas cours ce matin là, ou plutôt, ils n'avaient pas envie d'y aller.

Malgré leur lien de parenté, Roman et Lucy ne se ressemblent pas du tout physiquement. Lui, c'est un grand rouquin aux yeux bleus, il a un visage rectiligne sous une barbe bien taillée et il est très mince. Elle, c'est une petite brune un peu enveloppée avec un visage rondelet aux yeux marron. Par contre, leurs traits de caractère sont assez proches : geeks confirmés, quoique un peu flemmards, mais toujours prêt à rendre service ; ce qui leur vaut d'être très appréciés de leurs amis. Ils sont issus d'une famille aisée, et comme chacun fille et fils unique, ils se sont substitués à un frère et une sœur qu'ils n'ont jamais eus. Afin de l'encourager à le suivre pour ce séjour forestier, Roman lui avança le caractère non affairé d'un tel périple pour la convaincre. Malin. De plus, leurs vacances familiales se passaient souvent à la campagne, privilégiant les mécanismes tels que des moulinets ou des balançoires à l'électronique usuelle. Cela les distrayait aussi.

Ils rejoignirent les autres avec un peu de retard. La salle n'accueillit que les sept compagnons entre des murs d'un jaune pâle. Ils s'installèrent en cercle sur des chaises en aluminium, puis Franck commença son speech. Il proposa la logistique, les rôles de chacun et les règles de bonne conduite qui fourniront les ingrédients adéquats, afin que le "séjour-expérience" embrasse un goûteux succès. Il insista surtout sur le fait qu'ils ne devraient en aucun cas se servir de leurs smartphones et autres objets connectés, à l'exception d'une réelle urgence. C'est à ce moment que Jean, tout en préparant un joint et donnant un coup de coude complice à sa compagne, dit en s'adressant aux cousins :

— Ouais, l'urgence est relative, hein les geeks ? Sinon que veux-tu qu'il nous arrive Franck, qu'on se fasse mordre par des écureuils géants ?

— Ha ha ha, tu as bien raison Jean ; alors, je vous propose de ne pas les prendre du tout.

Franck changea la forme de sa bouche tout en fronçant les sourcils, ce qui lui fit prendre officiellement un air sérieux. Il se leva tranquillement de sa chaise pendant que les autres lançaient leur moue sur le comique, qui fut subitement gêné.

— Non mais... j'étais pas sérieux là, dit-il en faisant tomber son briquet.

— Mais moi si, rétorqua Franck.

— C'est un peu trash, dit Roman.

— Pas du tout, répondit Franck, et je vous avoue même que j'y avais pensé avant la subtile intervention de notre ami.

— Oui, c'est vrai, il m'en a parlé pas plus tard qu'hier, rajouta Estelle.

— Notre quête en sera plus juste, dit Franck.

— Plus juste, mais bien plus compliquée, répondit Roman d'un air rétif.

— Peut-être, mais je vais essayer de vous expliquer quelque chose :

Franck joignit les paumes de ses mains en les agitant de haut en bas pour dire :

— J'ai lu une théorie comme quoi, depuis que l'humanité a eu accès à toute la connaissance en quelques mouvements de pouces sur les smartphones, elle a encore perdu une partie de la mémoire.

— Encore ? Demanda précipitamment Roman.

— Oui, car cette mémoire altérée pourrait bien se comparer à celle que nous avons sacrifiée lorsque l'imprimerie a été inventée. La connaissance ne se transmettait plus par oral, mais par écrit, en des milliers d'exemplaires, puis des millions. La partie de la mémoire qui retenait les textes a été amputée, mais peut-être que le cerveau a été libéré pour d'autres fonctions ? Il ne faut pas croire que cette révolution est inédite, elle a juste subi une accélération significative.

— Mais pourquoi tu nous parles de mémoire ?

— C'est un exemple Roman, ce que je veux vous faire comprendre, c'est que l'on pourrait inverser la situation : l'habitude que nous avons de consulter nos smartphones pour des raisons diverses et avariées doit souffrir pour développer autre chose.

— Hi hi hi, avariées ! Pas mal, rit Estelle.

— Et développer quoi ? Demanda encore Roman.

— Nous verrons, il faut tenter, répondit Franck.

— Et tu crois qu'en quelques jours ou semaines, il y aura des changements significatifs ?

— Faudra voir Roman, on le fait pour ça, répondit Estelle à la place de Franck.

— On sera donc coupés du monde !

— Oui, coupés de ce monde là, répondit Franck en dirigeant son index vers la fenêtre entrouverte au spectacle urbain.

— C'est trash, répéta Roman, tout en regardant son ami Jean.

— Désolé mec, répondit-il encore gêné.

— Vous avez encore la nuit pour y réfléchir, suggéra Franck, je ne vous oblige en rien. Sinon, avertissez vos familles et vos réseaux sociaux que vous serez injoignables pendant quelques temps.

A ce moment, des jeunes entrèrent bruyamment dans la pièce, tout en regardant les sept amis d'un air froid. Presque l'ensemble des étudiants n'apprécient guère les futurs campeurs, car ils n'ont d'affinité qu'entre eux, laissant peu de place à des copinages arides. Ils stoppèrent illico leur discussion, puis quittèrent la salle sans même les saluer. Au retour, les cousins s'échangèrent leurs dernières inquiétudes quant à la confiscation provisoire de leur liaison internet. Cramponnés aux barres du métro qui les ramenait chez eux, doublements secoués, ils se firent quand même une raison. Quant à Jean, il se crut astreint de convaincre Nadia qu'il n'était pour rien dans la décision de Franck. Elle le rassura spontanément.

Ce soir, chez Estelle et Franck :

Le couple loge depuis moins d'un an au troisième étage d'un immeuble harassé de l'ancien centre-ville. Vêtue d'un bas de jogging et de son marcel blanc ondulant sur ses seins parfaits, Estelle prépare leurs affaires pour le départ du lendemain. Franck adore cette tenue, il la trouve d'un sexy rare. C'est en contemplant sa chérie en va et vient sensuels dans le salon, qu'il téléphone à quelqu'un sur le balcon.
— Qui t'appelles mon cœur ? Demande-t-elle.
— Mes parents, chuchote-t-il en obstruant le micro de son téléphone.
Il ferme la porte-fenêtre. Après cinq minutes de conversation, il rentre, laissant le soleil disparaître en crépuscule anticipé derrière le bâtiment d'en face ; comme si la ville s'endormait trop tôt. Il dit à Estelle en allumant le lustre du salon :
— Cette expérience nous révélera notre nature profonde dans des situations non-habituelles, voire extrêmes, débusquer des vérités de notre psyché !
— Oooh, quelle belle phrase mon Monsieur, j'adooore, dit-elle avec une ironie non dissimulée.

— Merci ma chère.

— De rien mon cœur. Et... trêve de plaisanterie, tu peux me décrire un peu cette forêt ?

— Oui, j'y suis allé deux fois quand j'avais sept ou huit ans, j'avais des cousins qui habitaient dans un village voisin. C'est une forêt domaniale d'une dizaine de milliers d'hectares. Il y a une rivière qui la traverse et il y a aussi un étang. J'ai récupéré une carte quand je me suis rendu chez mes parents, regarde.

Il prend un morceau de papier plié, le déplie, crépitant de toute sa vétusté.

— C'est ça ? Demande-t-elle étonnée.

— Oui, je sais, c'est vieux, mais elle est très précise ; on y voit les sentiers qui bordent la route. Nous, on arrivera par là, il faudra repérer les bornes kilométriques à peu près ici.

Il pointe son index sur le papier froissé.

— Ok, FD 73 borne 9 kilomètre 3. Et tu disais que t'avais des cousins là-bas, ils y habitent encore ?

— Je ne sais pas trop, je ne les ai vus que deux fois. Je crois que mes parents se sont fâchés avec eux, on ne s'y est plus jamais rendu.

— Hey mon cœur, au fait, en parlant de ta famille, je te rappelle que j'ai vu tes parents qu'une fois... et de loin !

— Oui, je sais, mais je ne les vois pas beaucoup non plus. Quand j'y suis allé pour les cartes, il n'y avait personne.

— T'aurais pu attendre ?

— Oui, mais j'étais pressé.

— J'aimerais bien les rencontrer officiellement... Tu vois ?

— C'est compliqué, on en a déjà parlé mon cœur.

— Tu te rends compte, en trois ans, vu qu'une fois de loin ?

— Bon, je te promets qu'au retour, j'organise une rencontre.

— Ah oui, j'y compte bien, puis on aura plein de choses à leur raconter.

— Oui mon cœur.

Un instant plus tard, après s'être tous deux habillés comme s'ils sortiraient, ils s'apprêtent à dîner en ouvrant une bouteille de champagne. Deux superbes flûtes embellissent la table en nappe blanche, près de trois bougies se consumant sur un joli chandelier. C'est le troisième anniversaire de leur union. Franck a préparé avec amour d'alléchantes cailles rôties, accompagnées de pommes de terre sautées, le plat préféré de sa compagne. En trinquant, Estelle lui rappelle comme les deux années précédentes, la façon dont il l'avait draguée.

Il s'était fait passer pour un surveillant lorsqu'elle arriva dans son lycée en cours d'année. Malgré ses dix-sept ans, il avait déjà le corps et le visage d'un homme plus âgé. Il lui donna une heure de colle pour une raison futile et lui fit la cour dans la salle de retenues. Elle eut un sentiment mitigé entre amertume et fascination quand il lui révéla la supercherie, mais deux jours plus tard, subjuguée par ce grand brun aux yeux verts perçants, elle l'embrassa dans la cour du lycée pendant la récréation. Ce matin-là, le soleil précipitait ses rayons rageurs sur les lycéens pendant que l'ombre d'un mûrier protégeait leur étreinte. Au milieu de tous, rien ni personne n'aurait pu les perturber, un amour naissait ! Estelle adore titiller dans sa mémoire la sensation de leur premier baiser, ça lui fait du bien.

Au même moment, chez Marc. Le jeune homme loge dans un petit studio non loin de l'appartement d'Estelle et Franck. C'est un célibataire endurci, non pas qu'il en soit le principal responsable, mais sans être vraiment moche, il n'attire pas les filles, et comme sa timidité le restreint ; il galère un peu. Sa dernière compagne le trouvait trop lisse, trop gentil, sans exigences. Elle le quitta pour un gaillard plein d'entrain, mais au machisme édifiant ! Il en faut pour tous les goûts. Marc est quelqu'un qui n'a pas de chance : là, il vient de réussir à boucler son sac de voyage dont la fermeture éclair avait cédé un instant plus tôt, dans les modalités de sa condition. Plus tard, après s'être fait réchauffer une pizza surgelée dans un four à micro-ondes, il dévore le délicieux mets dans son lit en regardant la télé. Il s'endort vers minuit.

CHAPITRE II - LE DEPART.

Après avoir passé la dernière nuit dans leur confort urbain, les sept amis se retrouvent à huit heures du matin sur le parking encore vide d'un supermarché. C'est avec le vieux monospace de Franck qu'ils vont voyager. Chacun d'entre eux a hérité d'une liste d'affaires à prendre : Roman et Lucy sont les préposés à la pêche et à la cueillette, Nadia et Jean s'occupent des réchauds à gaz, vaisselle... Pour Marc, ce sont les produits alimentaires. Estelle et Franck complétant un peu chaque secteur.

— Si tout le monde est là, c'est que vous avez accepté toutes nos conditions ? Demande Franck.

— Oui, coupés du monde les amis, dit Roman en mettant son sac dans le monospace, mais avec mon matériel de pêche et mes connaissances des champignons, je vous promets quand même de bons petits plats !

— Ouais, et quelles sortes de champignons ? Demande Jean.

— Sûrement ceux pas auxquels tu penses, je vois que t'es toujours à la recherche de sensations fortes toi ! Répond Roman en riant.

— Mais non, Jean n'est pas du tout comme ça, hein ? Demande Lucy en regardant Nadia avec insistance.

— Ne vous en faites pas, mon Jean n'aura pas besoin de champignons hallucinogènes avec le stock qu'il a pris ! Répond-elle en agitant un sachet rempli d'herbes folles.

Nadia, qui est métisse, est îlienne. Elle y a rencontré Jean pendant un concert de reggae, alors qu'il passait les vacances là-bas. Elle tomba tellement amoureuse de lui, que peu de temps après, elle quitta son île pour le rejoindre sur le continent. Elle avait tout juste dix-huit ans pour être précocement intrépide. Le caractère simple, rieur et enjoué de son adoré la ravit. Ses yeux bleus en amande, son teint halé, ses dreadlocks ainsi que son vieil air baba-cool l'ont aussi vivement charmée. Nadia connaît toutefois son goût prononcé pour le cannabis et l'accepte, malgré qu'elle n'en soit pas adepte du tout. Elle lui dit souvent, pour le vanner, que s'il n'avait pas commencé à fumer à l'âge de quatorze ans, il aurait pu grandir un peu plus. En effet, son mètre soixante-cinq en fait un petit bonhomme qu'il n'assume pas trop.

— Bon, trêve de plaisanterie, c'est tout bon pour les autres ? Demande Estelle.

Marc répond tout en mettant son énorme sac dans le coffre, n'étant pas très gaillard non plus, il peine. Franck l'aide aussitôt.

— Oui Estelle, en ce... qui con...cerne les vivres, j'ai fait un stock important mais.... je... je... pense qu'il faudra se... rendre au, au village le plus proche tous les trois ou quatre jours pour se... se... ravitailler. J'espère que chacun a pris d...des litres d'eau en plus, c'est ce qu'il y a de... de... plus lourd.

— Bien sûr Marc, Franck et moi avons pris vingt litres.

— Avec Roman, on a pris vingt litres aussi.

— Alors on est prêt, ça part de là ! Dit spontanément Franck en allumant une cigarette.

Les amis prennent place dans le monospace, Franck démarre et ils quittent le parking avant que ce dernier ne commence à absorber ses premiers véhicules. Trois quart d'heure plus tard, après s'être extirpés du théâtre-trafic urbain enjolivé du concert de klaxons, ils s'engagent sur un pont d'autoroute à la sortie de la ville. En dessous : la zone industrielle. Une admirable colonne de fumée noire s'élève au milieu des usines, assez ostensible pour que Jean réagisse :

— Encore une grève !

— T'es sûr ? C'est pas un hangar qui brûle ? Demande Estelle.

— Ouais, encore une grève... répète-t-il sur un ton moindre et nonchalant.

— Oui, il a raison, on l'a vu aux infos hier soir. Ce sont les employés de l'usine militaire XP 10, l'aide Nadia.

— Franck, ton père y travaille, non ? Demande Roman.

— Heu, non, il n'y travaille plus depuis un bon moment.

— Ah bon ? J'étais sûr q...

— Non non, rétorque Franck d'un ton ferme.

Cela clôt le débat. Un peu plus tard, la ville disparaît lentement derrière eux, on en distingue encore à peine l'antenne du plus haut building, entre deux hautes collines boisées. Franck la fixe dans le rétroviseur et ses paupières fines clignent une dernière fois sur elle, remplacée par un superbe sapin. À présent, la végétation succède aux matériaux frénétiques, les feuilles des arbres dans les vastes champs de verdure ombragent quelques maisons isolées. Deux heures passent, le monospace défile sur les courbes sinueuses d'une route secondaire à travers la campagne. Une ambiance inédite a imprégné l'esprit des amis, qui admirent, chacun à sa façon, le paysage d'une beauté manifeste. Des nuances de vert sous un ciel d'azur les enrobent à perte de vue. L'appréciation de ces grands espaces est tant inabordable pour certains d'entre eux, qu'elle en devient vertigineuse. Même la luminosité a changé ; elle pénètre dans le véhicule accompagnée des odeurs de la flore encore humide du matin. Ils arrivent alors en contrebas d'un petit village pittoresque perché sur un haut mont rocheux. Franck dit tout en le désignant du doigt :

— C'est là, nous sommes presque arrivés.

En effet, ils vont bientôt apercevoir les cimes végétales de leur futur habitat en entamant la route sur son versant nord. Au même moment, tout près d'ici.

— Maman, je veux y aller, je veux y aller !

— Non Miss Emily, tu restes là, c'est trop dangereux.

— M'en fous, je veux y aller !

— Miss Emily !

La gamine, têtue comme une mule, enfourche son vélo et fonce vers la route. Cette route que l'on ne peut à peine distinguer, tant la végétation est dense dans ce bois. Ses baskets se sont cramponnées aux mâchoires des pédales, sollicitées par les gestes brusques de ces jambes frêles, jusqu'à ce qu'un petit moteur électrique ne prenne le relais. Un virage à gauche, puis à droite, encore à gauche. Elle s'en approche encore. Miss Emily s'est engagée sur un sentier touffu, qui risque d'entraver sa puérile acuité pour se préserver d'un danger certain. Lorsque qu'elle entame une pente et prend plus de vitesse, elle saute sur un petit tas de terre et à la réception, le guidon fait un tour complet. La chute est inévitable. La fillette, éjectée de son vélo, fait un roulé-boulé jusqu'au bitume. Sa mère, courant maladroitement derrière elle, ne peut témoigner que passivement de cet accident. Soudain, entre les platanes et les fougères, elle aperçoit un véhicule arriver à toute allure sur sa fille.

— Attention, freine, freeine, freeeeine ! Hurle Estelle.

Franck a le pied sur la pédale depuis un quart de seconde. Sur l'autre voie, arrive un poids lourd ; il ne peut s'y déporter sans éviter la collision. Sur la droite, des platanes ! Encore vingt mètres, quinze mètres et toujours pas d'arrêt. Le camion croise le minibus en klaxonnant et au moment où l'effet Doppler atteint les tympans des jeunes, la distance entre eux et la fillette est déjà de cinq mètres environ. Estelle a empoigné sa ceinture de sécurité à deux mains, les cinq autres derrière s'agrippent aux sièges ou à ce qu'ils peuvent. Quatre mètres, trois mètres. Même si Franck donne un coup de volant à gauche, la collision paraît inévitable. C'est trop tard ! La notion du temps est dérangée, leur esprit est flouté. Tout est au ralenti de rapidité, en rêve de réalité dans un silence de bruits. Le pire va arriver, la mort empoigne sa faux. C'est fini. Leur dernier réflexe est de fermer les yeux en attendant fatalement le bruit du choc. Le fracas sonore advient, brisant le mince espoir d'une issue fortunée. Le monospace s'immobilise dix mètres plus loin.

— Putain Franck, où elle est ? Demande Estelle en claquant sa main sur le front.

Il se gare aussitôt sur le bas-côté, les sept occupants sortent précipitamment. Ils cherchent en vain la pauvre fillette. Et ce n'est qu'en regardant derrière eux, qu'ils aperçoivent la maman avec stupeur et immense satisfaction, enveloppant sa fille au sol ; vivante. Une seconde avant l'impact, une pépite d'instant providentiel avant la collision, elle a réussi à attraper le bras de son enfant, l'extrayant rapidement de la route pour la sauver in-extremis. Elle l'enlace de tout son corps en forteresse de sécurité et d'amour. Franck accourt vers elles en bafouillant :

— Je ne l'ai vue qu'au dernier moment, j'ai pas eu le temps de... J'ai... Je... Heureusement que vous l'avez attrapée à temps.

— Oh la la, mon Dieu, mon Dieu, pleure-t-elle en regardant les jeunes.

— Aïe, aïe ! J'ai mal au genou, pleure aussi la gamine.

Estelle ramène une trousse de secours et une bouteille d'eau. Elle s'agenouille devant Miss Emily, essuie le genou ensanglanté de la fillette, puis désinfecte la plaie. Enfin, elle colle un pansement sur la petite écorchure et lui fait boire des petites gorgées, tout en lui parlant de choses futiles. Le langage doux qu'elle tient à Miss Emily rassure la gamine, le verbe sucré qu'elle emploie contrarie même ses glandes lacrymales.

— Je suis désolé, je ne l'ai vu qu'au dernier moment, dit encore Franck à la maman.

— Non, c'est de ma faute, depuis que l'on est arrivé ici, je n'arrive pas à la canaliser ; Miss Emily n'en fait qu'à sa tête. Nous sommes en vacances dans la région depuis une semaine. Depuis que mon mari m'a quittée pour cette p... pardon, j'espérais nous changer les idées à la campagne, mais je n'y arrive pas.

Elle pleure encore. Son maquillage bon marché coule sur ses pommettes rougies entre quelques taches de rousseur. Bien qu'étonnés par la gênante prestesse de cette femme à raconter son intimité, les jeunes restent sans hésitation avec elle pour la réconforter. Ils se sentent terriblement coupables d'avoir amplifié son affliction. Les étudiants ne les quitteront pas sans une volonté notoire de la maman. Elle dit, tout en regardant sa fille :

— Miss Emily a vu des oiseaux s'envoler vers la route, elle adore les oiseaux, mais je crois qu'elle n'a même pas vu la route. Elle sait que c'est dangereux la route, elle le sait pourtant, mais elle aime tellement les oiseaux. De toute façon, on va bientôt quitter le pays, on n'a plus rien à faire ici, et puis il y a trop de souvenirs. Vous pouvez continuer votre route, merci d'être restés.

— Peut-on vous rendre le moindre service ? Demande Franck.

— Non, merci jeune homme, vous pouvez reprendre votre chemin, ma voiture n'est pas loin, nous allons rejoindre notre gîte et après, on partira.

— Vous en êtes sûre Madame ? Ne vous gênez pas si...

— C'est gentil d'insister, mais on ne va pas vous embêter plus longtemps, puis vous êtes en vacances vous aussi non ?

Toujours assise à terre, menton pointé, cou légèrement replié vers l'arrière, elle attend la réponse en cherchant des yeux le premier qui parlera. Elle doit être professeur ou institutrice, il n'y a que les enseignants qui balayent du regard comme ça.

— Euh... oui... plus ou moins... on va camper, ce sont des vacances si l'on peut dire, répond Franck en hésitant.

— Ah... bien, alors je vous souhaite un agréable séjour, c'est très beau ici, je suis sûre que vous allez passer de bons moments.

— Oui, merci, dit Franck en se penchant vers la fillette. Tu ne pleures plus Miss Emily ? Tu es courageuse ma grande, mais il faudra faire attention la prochaine fois, et écoute bien ta maman, tu me promets ?

— Oui Monsieur, je vous promets, répond-elle intimidée.

— Au revoir Madame.

— Au revoir, et encore merci d'être restés, répond la mère en agitant la main.

Sur ce, les jeunes quittent la petite famille pour reprendre la route, ceintures de sécurité bouclées.

— Putain, on a eu chaud, dit Marc en nettoyant les verres de ses lunettes.

— Je ne sais pas comment j'aurais fait si je l'avais percuté, je ne m'en serais jamais remis, rétorque Franck.

Les autres ne disent mots, mais n'en pensent pas moins. La fatalité a failli déchirer leur cœur et leur âme sur cette route. Inimaginable. Mais c'est un sentiment de consolation qui prédomine maintenant. Estelle passe sa main sur la joue de son chéri pour lui dire avec tendresse :

— C'est pas arrivé, il faut oublier.

Un quart d'heure silencieux plus tard, ils pénètrent dans un domaine forestier par cette route qui a sensiblement rétréci, le croisement de deux véhicules en devient même périlleux. Les hauts conifères et autres essences ombragent ce lieu boisé ; leur densité est acquise, l'âme végétale règne sans concession. Il y subsiste quand même quelques passages pour s'y engouffrer ; ceux-ci figurent sur la carte routière qu'Estelle tient dans ses mains. Elle dit :

— C'est là, FD 73 borne 9 kilomètre 3, c'est ce sentier à gauche.

Ils s'enfoncent sur un chemin en terre montueux orné de broussailles et d'arbustes en tout genre. Le sentier étant de plus en plus scabreux, Franck ralentit ; les amortisseurs ne sont plus trop vaillants. À cet instant, devant eux, deux chasseurs sortent rapidement des bosquets. Franck leur fait un signe de la main en les croisant, tout en gardant la cadence retenue de son véhicule, mais la marque de politesse n'étant pas rétorquée, Estelle se retourne d'étonnement pour remarquer que l'un d'entre eux les montre du doigt.

— Qu'est c'qu'ils fout' là ceux-là ?

— Bah, ils font une balade, répond le plus petit en hochant les épaules.

Le doigt pointé est rejoint par les quatre autres, augmentant le questionnement.

— Une balade ? r'gardes l'chargement qu'ils charrient. Putain, ils vont pas squatter ici ?

— Mais j'en sais rien moi ?

— Toi, tu n'sais jamais rien d'toutes façons.

Sur cette invective, fusils aux épaules, ils rejoignent leur fourgonnette garée un peu plus loin. Ils quittent les lieux pendant que le monospace arrive en bout de piste. Franck se gare soigneusement entre deux arbustes.

— Et bien, bonjour l'accueil ! Dit Estelle en mâchant sèchement un chewing-gum.

— T'inquiète, les gens d'ici sont un peu rustres, mais pas méchants, répond Franck tout en manœuvrant.

— Des braconniers !

— Non, je ne pense pas, ce ne sont sûrement que de simples chasseurs.

— Ah oui, mais t'as pas vu ? Pas de bonjour, et l'autre qui nous montrait du doigt bizarrement.

— N'exagères pas chérie, ils ne nous ont pas tiré dessus quand-même ?

— Pas avec leurs fusils, mais avec leurs regards !
Surtout le grand, il m'a glacée le sang et il avait une
sale tête en plus.

En effet, elle a vu un homme au visage sec, d'une
pâleur maladive, avec des petits yeux furieux sous des
sourcils définitivement froncés telle une paralysie
d'animosité. Ces genres de codes faciaux dirigeant
notre faculté à préjuger du vent mauvais d'un
individu. « C'est écrit sur sa tête qu'il est méchant »
dirait-on. Franck a aussi ce sentiment, mais modère sa
crainte en disant :

— Tu ne vas pas faire du délit de faciès ? Je t'ai dit
qu'ils sont un peu rustres, c'est tout. Faut pas s'en
faire, on ne vient pas ici pour les gêner.

— Oui, ben j'espère bien qu'on ne les croisera plus ces
deux-là !

Pendant ce temps, les chasseurs dans leur
fourgonnette conversent toujours au sujet des
étrangers. Le ton monte, le conducteur gesticule, il
accélère, lâche le volant, accélère encore. C'est alors
qu'un virage mal négocié déporte le véhicule,
détruisant le rétroviseur droit contre un panneau
routier. Cela n'arrange pas l'aparté, mais il se modère,
ralentit. Un peu plus tard, ils arrivent dans le village
voisin. Les chasseurs entrent gorges asséchées dans un
bistrot après avoir garé leur véhicule fraîchement

amputé. À cette heure-ci, l'établissement accueille une vingtaine de clients s'affairant sans peine à honorer l'impérissable apéritif de midi dans une cacophonie éthylique, tapissé d'un décor désuet. De vieilles chaises supportent miraculeusement le poids d'hommes adipeux désordonnément attablés contre un mur terne, lui-même lourdement chargé d'un long miroir ébréché. En face, se plantent le comptoir en zinc et ses hauts tabourets sur lesquels gisent les lucratifs piliers de bar. Derrière l'imposante structure, en haut d'un mur crépi, des fanions d'équipes de sports enguirlandent çà et là au-dessus des bouteilles d'alcool alignées sur des étagères poussiéreuses. En dessous : le patron. Un petit gros moustachu pas très loquace qui sert trois verres de vin rouge qu'un homme vient de commander du sombre fond de l'établissement. Les chasseurs commandent à leur tour leur breuvage, tout en poursuivant leur conversation. Plus tard, ils se mettent à peu près d'accord : si les jeunes ne restent pas longtemps là-bas, ce ne sera pas un problème. Mais ils n'ont pas fait attention à quelque chose, ou plutôt à quelqu'un. Quelqu'un auquel personne ne s'adresse, quelqu'un que l'on a banni des conversations et qui s'attable toujours seul dans un renfoncement de la salle.

Heureusement que les étudiants n'ont pas croisé celui-là, car son aspect est encore plus inquiétant que celui du chasseur. Il a des cheveux gras sur un large front raboteux, une déformation de la lèvre supérieure affichant ses dents et gencives sales, puis un énorme nez spongieux fignole sa prodigieuse laideur irréfragable.

Il se lève, c'est un colosse d'à peu près deux mètres ; son pantalon en velours est trop court, son tee-shirt est miteux. Il s'approche des deux hommes en titubant, les défigurant d'un regard aussi sombre que son horrible dégaine. Arrivé juste devant eux, leur masquant toute perspective visuelle par son imposante carrure, il leur demande avec une élocution lourde et inhabile :

— Et ils font où feux-là ?

Complètement surpris, ils se tournent vers le patron en regards colériques : il aurait dû les avertir de sa présence dans le bar ! Ce dernier écarte les bras en signe d'oubli, puis va servir un client au bout du comptoir. Les deux chasseurs quittent aussitôt l'établissement sans même lui répondre, laissant leurs verres à moitié pleins d'alcool et de rancœur. Le colosse, pas vraiment surpris de l'ignorance des chasseurs à son égard, s'installe à nouveau à table en fixant des yeux le patron sans rien dire. Ce dernier accepte l'affront, il prend les verres des fuyards dans une seule main et déverse les restes d'alcools dans l'évier, tout en le fixant aussi. Instantanément, la gêne qu'engendre ce duel oculaire crée un malaise dans le bistrot ; c'est l'intervention d'un gars complètement saoul, tombant de son tabouret, qui déverrouille la situation. Le colosse se lève, crache rageusement sur le malheureux à terre, puis sort du bar en claquant la porte. Il observe de loin les chasseurs rentrant chacun chez soi à pied en marmonnant des injures.

Le grand a l'air beaucoup plus contrarié que l'autre. Sur le chemin de son domicile, il grommelle encore sa colère. Il croise même un voisin dans sa ruelle en l'ignorant comme s'il était responsable de son agacement. En ouvrant la porte de chez lui, il crie aussitôt sa hargne à sa femme, qui entend en même temps que le crissement des gonds rouillés, un déplaisant : « Font chier, font tous chier ! », puis la lourde porte claquer. Il range son fusil dans une affreuse armoire en plastique et rejoint la cuisine sans déchausser ses pieds ni son aigreur. Il s'installe seul à table. Son épouse, enfournée de crainte dans une robe à fleurs rose, un demi-sourire trahissant une dent cassée et une sorte de mutisme d'auto-défense, lui sert une assiette de saucisses purée. Après son premier coup de fourchette, il lui dit brutalement la bouche pleine :

— Des gamins sont dans les bois, font chier, et l'taré qui l'sait maint'nant et puis... et puis.... putain, c'est dégueulasse cette bouffe, qu'est c'que t'as foutu, t'es pas capable d'faire quelq' chose de bien ! Putain, font tous chier !

Il serre aussitôt les couverts dans ses mains sales en prenant une grande respiration, ses yeux venimeux se braquent sur la mauvaise cuisinière qui s'est empressée de fermer la fenêtre. Elle se pointe devant l'évier, ouvre le robinet dont le mitigeur souffre d'un trop-plein de calcaire ; cela fait un peu de bruit. Là, elle actionne une vieille machine à café expresso, vrombissement ; encore plus de bruit. Elle lui dit mielleusement le dos tourné :

— C'est les patates du marché, elles n'sont pas très bonnes en c'moment.

Mais lorsqu'elle se tourne vers lui, croisant avec appréhension son regard reptilien, la malheureuse comprend l'issue formelle de cet état. Brusquement, il se lève, jette l'assiette au sol, inflige un énorme coup-de-poing à la table et sort prestement de la maison en claquant encore la porte. La tentative de masquer le bruit de sa fureur a été vaine ; toute la ruelle a entendu le vacarme, mais pendant qu'aucun voisin ne vient la réconforter, la pauvre femme verse des larmes de dépit sur les bouts d'assiettes qu'elle déblaye péniblement. Tout de même soulagée d'avoir confié, cette fois, le soin à la robuste table de prendre le coup à sa place. Plus tard, elle s'installe dans son salon étroit décoré de têtes d'animaux plaquées aux murs en trophées funèbres. Elle regarde sa série préférée : ces histoires d'amour à l'eau de rose qui l'aident toutefois à se projeter dans un ailleurs serein, hors du temps où elle est avec son époux, hors du temps où elle ne se sent jamais estimée, jamais désirable, jamais jolie, plus jamais femme. Oublier qu'elle est enfermée dans la geôle d'un mari tyrannique.

CHAPITRE III - LE CAMP.

Au même moment, après trois-quart d'heure de marche sur un sentier forestier, les jeunes découvrent une petite clairière. L'emplacement des arbres est assez épars pour faire place aux tentes, l'endroit leur plaît ; ils décident à l'unanimité de s'y installer. Franck continue de suivre ce même sentier et y trouve rapidement l'étang. C'est une large étendue d'eau verte stagnante peu profonde, entourée de roseaux à épis double et de végétation marécageuse. Entre les berges accidentées, de grandes aigrettes pêchent sur leurs pattes élancées, piquant maintes fois la surface avec leur bec acéré. Amusé de voir ces oiseaux se mouvoir de la sorte dans leur garde-manger aquatique, il contemple la scène pendant un instant, puis rebrousse chemin pour faire part de sa découverte à ses amis. Deux heures après, les deux couples ont soigneusement monté leur canadienne entre trois pins. En face, au pied d'un tilleul centenaire, les cousins et Marc ont placé une grande tente qu'ils ont divisée en trois parties avec des draps. Ils ont installé une bâche bleue au-dessus d'eux et Jean a construit un barbecue de fortune avec des pierres plates bien choisies. La clairière s'est donc muée en un joli campement. Plus tard, le crépuscule déposant sa sombre cuirasse sur la forêt, Jean allume un feu bien venu. Près de lui, Estelle prépare le dîner sur un réchaud à gaz : ce soir, ce sera des spaghettis à la carbonara. Après le repas, Lucy et son cousin observent les étoiles scintillantes entre les feuilles du tilleul, pendant que Franck leur raconte une légende rurale qu'il avait entendue lorsqu'il s'était rendu chez ses cousins. Assis autour du feu crépitant, leurs ombres valsantes sur les toiles des tentes, ses amis l'écoutent avec attention.

— Il y a une légende que les parents racontent à leurs enfants et entretiennent depuis des décennies dans les villages voisins : c'est l'histoire de Dylan, un gamin qui était né avec une affreuse déformation faciale. À sa naissance, il n'y eut que la maman qui occulta son handicap, car son mari, qui était si écœuré de l'abomination que sa femme avait mise au monde, les avait quitté le lendemain, cédant son honneur et sa dignité au diable. On ne le revit plus. Elle se retrouva donc seule avec son enfant, et année après année, malgré sa difformité, elle l'aimait plus que tout et ne voyait plus sa laideur. Mais les enfants du village ne l'acceptaient pas. Dylan subissait leurs railleries du matin au soir et aucun d'entre eux ne voulait jouer avec lui, ni même s'asseoir sur le même bureau en classe. Les professeurs des écoles tentaient de le socialiser, en vain. Il passait alors la plupart de son temps chez lui avec un joystick à la main. Pour son douzième anniversaire, sa maman eut l'idée de lui offrir la dernière console de jeux qui sortait le même jour. Elle avait économisé pendant des mois, parce qu'onéreuse, elle savait qu'il serait le seul à la posséder dans le village. Cela permettrait peut-être de faire venir quelques enfants à la maison pour profiter de l'exclusivité et ainsi créer des liens avec son fils. Sa stratégie fonctionna. Tous les mercredis, leur maison accueillait six ou sept gamins pour jouer à ces jeux. Cela dura des mois et Dylan gagnait tout le temps, ce qui agaçait les autres ; de plus, le champion passa subitement d'un sentiment de rejet et de solitude à celui d'arrogance. Son univers tournait tellement autour du champ virtuel d'un écran, qu'il croyait que c'était le plus important dans l'existence d'un enfant. Les autres, exaspérés, décidèrent un jour de lui donner une leçon d'humilité. Un après-midi d'été, ils l'invitèrent à se baigner dans la rivière à côté du village. Il y avait une paroi rocheuse de six mètres de hauteur près d'une petite cascade sur laquelle les enfants grimpaient pour plonger. Un petit jury se constituait afin de noter le plus beau plongeon, ils se doutaient bien que Dylan ne gagnerait pas cette fois-ci. Arrivés sur place, l'un d'entre eux força le novice à gravir le calcaire, puis le laissa seul sur le plongeoir de fortune. Dylan fut paralysé en voyant la hauteur, il se mit à chialer ; ce qui fit rire les autres. Leur risée ne cessant pas, le pauvre gamin comprit qu'il n'y avait que son saut qui mettrait un terme à ces moqueries. Alors il plongea... Puis c'est un cri de peur suivi d'un grand bruit que les enfants entendirent. L'entrée dans l'eau fut maladroite, laborieuse, tellement chaotique que Dylan ne remonta jamais à la surface ; ce fut même la dernière fois qu'ils le virent. Des recherches ont été effectuées pendant des jours et des nuits par les pompiers, policiers, villageois, en vain. On n'a jamais retrouvé le corps du malheureux. Sa mère, meurtrie par ce drame et se sentant coupable de la disparition de son fils, se suicida quelque temps plus tard. Depuis, on dit qu'une fois l'an, le fantôme de Dylan apparaît pour noyer un enfant dans cette rivière. Il n'y a qu'une façon de conjurer le sort : c'est qu'un adulte les accompagne !

— Bien pensée cette légende Franck, com... comme ça, les enfants ne vont plus à... à... la rivière sans être accompagnés, s'exclame Marc.

— Ou ne plus jouer à ces jeux vidéo débiles, rajoute Estelle.

— Hey, ils ne sont pas tous débiles ces jeux, dit Lucy en claquant légèrement l'épaule dénudée de son amie.

— C'est vrai pour les deux, rajoute Nadia. Et... tu crois qu'il y a une part de vérité, ou c'est complètement inventé ?

— Alors là, je ne peux te répondre ma chère.

— Franck, ne me dis pas que tu crois aux fantômes ? Demande Lucy.

— Non, mais je garde quand même une petite place dans mon esprit pour loger cette éventualité.

— J'hallucine Franck, tu crois aux fantômes !

— Non, c'est pas aussi simple Lucy.

— Comment ? T'y crois ou t'y crois pas, c'est tout. Je te pensais plus cartésien que ça ?

— Bon, tu peux oublier ce que je t'ai dit, j'y crois pas.

— C'est toujours le même problème, rajoute Estelle : croire ou être sûr ?

— Eh bien moi, je suis sûre de n'en avoir jamais croisé des fantômes, répond Lucy.

Jean intervient, balançant une phrase à peine audible en un tempo très lent :

— Les fantômes, ce sont les faces cachées de nous même !

— Bravo Jean, alors là, on a bien avancé dans la discussion, répond Franck en souriant.

— Merci, mon cher.

— De rien mon grand.

Le débat se clôt sur leurs subtiles marques de politesse feintes. Plus tard, l'état physique des jeunes mime les braises consumées : ils se couchent. Vers une heure du matin, Jean, qui a un sommeil léger, est réveillé par un bruit redondant. Ce cliquetis est tout proche de la tente, mais pourtant ne perturbe pas le sommeil de Nadia. Encore un clac, un autre crunch, ça ne s'arrête pas. Il essaie de réveiller sa compagne en lui donnant des petits coups de coude... en vain : elle dort profondément. Il tente alors en hésitante et timide velléité de découvrir par lui-même la raison de ce chahut : inefficace. Il chuchote :

— Nadia ? Chérie ?

Aucune réponse, Morphée l'a engeôlée. Le bruit ne cesse et se rapproche, plus fort, plus près... Là, Jean mue son esprit craintif en courage désordonné, il empoigne sa lampe puis actionne lentement le zip de la tente. L'étudiant pointe la lumière sur un bosquet, puis un autre, encore un... Soudain, dans le quatrième buisson, une imposante forme sombre s'y meut ; c'est juste devant lui. Son pouls s'accélère, la chose bouge encore, son pouls s'accélère plus. C'est alors qu'une main se pose sur son épaule, il sursaute illico en criant.

— Chérie ! tu m'as fait peur !

— Chuuuut, qu'est ce que tu fais ?

— Y a un truc là, regarde.

— Je ne vois rien.

Il pointe la lumière exactement à l'endroit de l'indicible tâche. Tout à coup, il sursaute une fois de plus en disant :

— Y a des yeux, y a des yeux !

— Pousse-toi, je ne vois toujours rien.

Il libère un peu d'espace, lui cède la lampe et la laisse regarder dehors. D'un coup, elle met une main devant sa bouche et commence à trembler.

— Oh noooon, Jean, nooon, ces yeux, ces yeux... aaaahhhh... Beugle Nadia.

— Quoi ? Quoi chérie ?

— On va tous mourir !

— Nadia !

Elle l'attrape par le bras, lui rend la lampe et se positionne derrière lui en disant :

— Hi hi hi ! Les voilà tes yeux bêta.

Un magnifique grand duc prend alors son envol.

— Waouh, trop beau, dit-il opportunément.

— Hi hi hi, alors les fantômes sont les faces cachées de nous même, c'est bien ça ?

— Pfff, aucun rapport, ça fait des minutes que ce truc fait un raffut pas possible, mais tu dormais tellement bien que t'as rien entendu.

— C'est normal les bruits en forêt, faudra s'y habituer.

— Ouais ouais, mais tu sais bien que le moindre bruit me réveille.

— Va falloir faire avec, mon ange.

— C'est sûr, c'est sûr, heureusement que j'ai pris des bouchons pour les oreilles, je m'en servirai maintenant.

— Comme tu veux mon ange, bon allez, referme, on se recouche.

Le jeune cannabinomane est en fait de nature timide et peureuse. Quand sa structure psychique après la puberté s'est dessinée au travers d'un calque d'autisme emprunté, il comprit rapidement qu'il lui faudrait une aide extérieure pour vaincre ses blocages. Il se renseigna sur les effets du psychotrope, puis en pesant le pour et le contre, décida de s'y en remettre, malgré l'opposition farouche de sa mère qui ne sut le convaincre. C'est grâce à cette substance qu'il a réussi à ne pas sombrer dans une asociabilité maladive. La drogue, ainsi que l'apparence rebelle de ses dreadlocks, l'aident à surpasser son trac permanent.

Au matin, les jeunes ont chacun leur anecdote nocturne. Leur première nuit a été marquée de multiples désagréments sonores, mais à part la frayeur de Jean, cela n'a pas vraiment perturbé les autres.

Quant au village voisin, il se réveille au son des cloches de l'église : un DING, deux DONG, trois DING, un DANG. Déréglées. Autour de la placette centrale, une boulangerie jouxte le bistrot des chasseurs, qui jouxte lui-même une épicerie en face de l'éternelle fontaine : une vasque ronde sans décor alimentée par un tuyau en cuivre sur une colonne de granit. De l'autre côté, des ruelles en pentes abruptes introduites par des arcades se faufilent entre de vieilles maisons mitoyennes aux façades lézardées jusqu'au plus haut point du bourg. Là, se perche fièrement une invalide église ainsi qu'un monument aux morts issu d'une ancienne guerre. Quelques habitants font leur apparition, singeant docilement de vulgaires automates programmés sur un même rail depuis des lustres. Leurs mouvements itératifs sont inhérents au train-train quotidien que ne peut offrir un tel endroit. Au pied d'un muret, un chat noir a coincé une petite souris ; sa patte avant droite aplatit la queue du rongeur entre deux pavés. Soudain, le pédicule se faufile dans une jointure, la souris se libère. Pas longtemps. Les chats ont la singulière manie de jouer avec leurs proies. Non loin de ce batifolage, la femme du chasseur vient d'entrer dans l'épicerie, elle porte des lunettes de soleil, mais ne les ôte pas à l'intérieur. Cette fois, pas la table ! L'épicière la salue en soupirant :

— B'jour Sally.

— B'jour Sandra, t'as des tomates aujourd'hui ?

— Oui, r'garde là, sers-toi.

— T'sais qu'y a des jeunes qui sont dans l'bois ?

— J'sais, mon mari était avec l'tien hier, c'est pas bon signe ça !

— Oui, s'il font comme les aut'on va avoir des problèmes encore.

Elle finit ses emplettes et se pointe à la caisse. La commerçante lui dit :

— Ben s'il n'restent pas longtemps, ça ira. Et... t'as pas d'aut' choses à m'dire ?

— Quoi ? Non, répond-elle gênée.

— Sally, tu peux enl'ver tes lunettes ?

— Heu... non... parc' qu' j'ai trop mal aux yeux avec ce soleil.

— Oui, oui, c'est ça, parc'qu'y a du soleil dans la boutique ? c'est encore lui ?

— Non non, allez bonne journée Sandra, dit-elle en quittant prestement la boutique ainsi que son embarras.

Encore vêtue de sa robe à fleurs autant chiffonnée que son estime, elle traîne péniblement ses vieilles claquettes sur les pavés de sa ruelle ; visage éteint, tête baissée, elle rentre chez elle. Plus loin, au bistrot, les clients discutent aussi à propos des campeurs, les jeunes semblent alimenter le sujet d'un problème truculent. Dans un moment calme parmi le tohu-bohu cancanier, le patron, après avoir balbutié quelques « mouais » furtifs, s'inflige la lourde peine de formuler une phrase de plus de trois mots :

— Vous parlez, vous parlez, mais vous n'faites jamais rien !

Cette intervention, pour le moins insolite, sonne le glas des discussions.

C'est une matinée de printemps ensoleillée. Le ciel d'azur griffé par des traits cotonneux des réacteurs d'avions déploie son étendue au-dessus de la canopée. En dessous, au camp, les filles sont paisiblement allongées sur des serviettes de bain. Maillot, crème solaire sur leur peau fragile, lunettes teintées : sérieuse séance de bronzage. Jean, quant à lui, fume un joint dans sa tente en écoutant de la musique, casque sur les oreilles. Malgré la guitare veloutée, mais non moins puissante d'un David Gilmour impérissable, il entend toutefois Nadia lui crier :

— Mon ange, tu veux bien fumer dehors s'il te plaît ?
Il s'exécute.

— Hey ! Quelle autorité Nadia, s'exclame Franck derrière les pages d'un gros bouquin.

— Oui, il faut toujours lui rappeler les fondamentaux, répond la jeune métisse en levant le doigt au ciel.

Car les fondamentaux dont elle parle, il faut croire qu'ils se sont perdus dans ses transmissions synaptiques perturbées au fil des bouffées de cannabis. Cette substance, dont on connaît beaucoup de vices et de vertus, reste une énigme quant à la perception artistique qu'elle procure. Jean est persuadé que l'on peut sublimer la contemplation d'une œuvre musicale, car elle aurait été créée dans le même paradis artificiel que son auditeur. Pour lui, écouter un vieux Pink Floyd sans être sous l'emprise du cannabis serait une erreur. Mais pas dans la tente.

Près de lui, Roman prépare ses affaires de pêche pour capturer leur éventuel repas. Marc s'approche de son ami pour dire :

— Alors là ! Si... si... on m'avait dit que je t.... te verrais manipuler d'autres objets que... que... des outils informatiques !

— Eh oui, figure-toi que j'ai même participé à des concours de pêche quand j'étais gamin.

— Ah oui ? Tu... tu... nous l'as bien caché ça !

— Ben, je n'avais personne à qui en parler, alors...

— Je pourrais venir a... avec toi ?

— Oui, bien sûr, mais tu sais pêcher ?

— Heu... p...pas vraiment, mais tu... vas m'apprendre hein ?

— Avec grand plaisir mon ami.

— T'as beaucoup de cannes ?

— Oui là, regarde, répond-il en lui montrant l'intérieur de sa housse.

— Ah oui, q.... quand même.

— Y a de quoi faire !

— Cool, on... on... y va quand ?

— Eh bien, dès que j'aurai fini de les préparer.

Vingt minutes plus tard, en route pour rejoindre l'étang, foulant le sentier terreux et chargé de son attirail, Roman explique à son ami qu'ils devront débusquer des vers dans la boue pour escher. « Appâts naturels ! » Lui dit-il.

Arrivés sur place, ils déposent leurs affaires aux pieds des grands roseaux. Roman s'empresse de creuser un trou à mains nues dans la terre humide, il trouve rapidement un ver, puis répète à son ami : « Appâts naturels ! », en lui présentant le malchanceux annélide au bout de ses doigts.

Marc fait une drôle de tête en pestant :

— Beurk !

— Tu ne vas pas te dégoûter d'un ver de terre ? On ne le mangera pas.

— C'est visqueux et ça... ça pue.

— Oui, c'est l'odeur de vase, rien de bien méchant.

— J... je vais essayer de... de... m'y habituer.

— C'est ça, et je te propose même de continuer d'en chercher pendant que je lance mes lignes.

— Tout seul ?

— Oui, c'est super simple, tu n'auras qu'à longer la rive, mais ne t'en éloigne pas trop ; la terre y est trop dure. Reste entre l'eau et les roseaux et fais gaffe de ne pas te cogner aux racines hors-sol.

— Ok Roman, j'y vais tout seul alors.

— Oui, je garde un œil sur toi.

Marc s'éloigne prudemment, puis creuse son premier trou à quelques mètres de son ami. Roman, après avoir trouvé d'autres vers et lancé deux cannes méticuleusement installées sur un trépied en aluminium, s'assoie sur un tronc d'arbre flotté à moitié enfoui au bord de l'eau. Casquette sur la tête, patient.

Une demi-heure passe et Marc a déjà creusé son sixième petit trou sans avoir trouvé un seul appât. Il s'éloigne encore. Roman, quant à lui, vient de pêcher une carpe, mais après le combat pour la sortir de l'eau, il a perdu de vue son compagnon. Tout en fixant la direction d'où il s'est éloigné, il l'appelle en criant :

— Maaaarc ? Maaaarc ?

Pas de réponse ! Les roseaux longeant la berge en courbes désordonnées masquent sa vision. Il se lève, se met sur la pointe des pieds ; tout longiligne, mains en porte-voix.

— Maaaarc, t'es où ?

Toujours rien ! Mais au moment où il décide d'aller à sa recherche, il entend au loin la voix de son ami :

— Je suis là !

— Ah, tu peux revenir maintenant, t'en as trouvés ?

— Non !

— C'est pas grave, reviens.

— Ok, j'arrive.

Marc est soulagé, il commençait à peiner sérieusement dans cette inconfortable zone marécageuse. Il a chaud, mal au dos et ses doigts fripés puant la vase ont multiplié de petites écorchures ; limite du supportable pour un citadin aux mains ténues. C'est alors qu'en rejoignant Roman, il tombe nez à museau avec un énorme ragondin. Le rongeur, agitant ses grosses moustaches blanches, s'est déjà positionné sur les pattes arrière en réflexe de défense ou en signe de curiosité. Bien qu'inoffensif, il effraye à tel point le jeune homme, qu'il sursaute sur le côté du chemin et s'empêtre derechef dans des ronces. Les rosacées lovent ses mollets, tandis que sa botte gauche s'est enlisée dans une sorte de sable mouvant. Le ragondin, témoin de cette scène rocambolesque, plonge aussitôt dans l'étang pendant que Marc tente maladroitement de sortir de ce piège. Mais ces plantes sont coriaces, résistantes. Les spinules qui ont traversé la chair du jeune homme ne lui laissent que peu de chance de se libérer sans dégâts. Soudain, il sent une légère variation de température sur sa nuque. C'est sûr, quelque chose lui fait de l'ombre ; un nuage bref ? Roman qui vient l'aider ? Il se retourne lentement, expédie son regard vers le ciel et à sa grande surprise, voit un homme, lui tendant la main sans dire un mot. Marc attrape carrément le bras de l'inconnu et se soustrait de cette épineuse situation.

— Oh, mer... merci Monsieur !

Il enlève sa botte, la rince dans une flaque, puis relève la tête pour le remercier à nouveau, mais l'homme n'est plus là ! Il a disparu aussi subrepticement qu'il était apparu ; éclipsé. Il a l'impression que cet individu n'a jamais existé, n'aura-t-il été motivé par d'autres gratifications ? Marc s'empresse de rejoindre son ami et lui fait instantanément part de cette éphémère rencontre.

— C'est pas un des chasseurs qu'on a croisé hier ? Demande Roman.

— Oh non, le... le gars était s.. super grand, a... avec une déformation de la bouche et... et... un énorme nez.

— Ah bon ?

— Oui, franchement, il f...fait peur le m...mec.

— C'est peut-être un pêcheur aussi ?

— Probablement, il sentait le... le... poisson.

— Ah bon ? Et à propos, regarde.

Il entrouvre un sac en toile de jute.

— Ah ! bien, bien, beau p...poisson. C'est quoi ?

— Une carpe commune.

— Allez, je... je veux aussi p...pêcher maintenant.

— Prends cette canne Marc.

Roman lui montre sommairement la technique pour lancer. Son premier essai est catastrophique ; le pick-up du moulinet s'étant refermé trop tôt, le plomb atterrit grossièrement à un mètre devant lui. Le deuxième l'est tout autant, car il a accroché l'hameçon sur une branche. Le troisième croise les deux lignes de son ami et le quatrième... c'est Roman qui le fait à sa place en disant :

— Bon, demain, on consacrera un moment pour améliorer tes lancés. Aujourd'hui, tu m'observes.

— Ok, je... t'observe a.. avec grande attention !

Marc est quelqu'un de maladroit. Il doit excessivement se concentrer afin d'effectuer des tâches banales pour le commun des mortels. Ses amis le savent et gèrent habilement cette sorte de défaillance motrice en ne le blâmant que rarement. C'est un garçon d'une gentillesse telle, qu'on ne peut que l'épauler dès qu'une difficulté rôde autour de sa maladresse. De plus, il est toujours volontaire pour apprendre des autres, afin d'améliorer ses capacités fâcheusement restreintes. Sa fierté fluctue dans les méandres de sa conscience, son ego souffre : pas grave, il veut apprendre, son ego gère. Marc est doté d'une redoutable pugnacité.

Ils pêchent pendant quatre heures, puis rentrent au camp avec deux carpes communes. Ce soir-là, après le repas, des arêtes traînent au bord du feu. Vers minuit, les jeunes regagnent leurs tentes pour passer leur deuxième nuit aux étoiles.

Au même moment, au village, une lumière luit derrière un volet entrouvert à l'étage d'une des maisons : c'est la chambre du chasseur. Il erre seul dans son lit après avoir encore cabossé le visage de sa femme. Son remords perdu, englouti dans l'alcool ruisselant dans ses veines, ne lui concède même pas le moindre chagrin ; il n'accorde aucune pensée pour la malheureuse, il ne confère aucune pensée du tout ; vide. Et elle qui pleure, avachie dans le fauteuil en cuir du salon ; usée de tristesse, usée de désespoir, usée de tourment, usée comme ce cuir craquelé et pourri par le temps. À l'extérieur, les réverbères accolés aux arcades illuminent discrètement la placette silencieuse. Là, encore le chat nyctalope ; avantagé pour repérer un rat passant au loin.

CHAPITRE IV – LE VILLAGE.

Plus tard, au camp, il est environ deux heures du matin. Marc a une envie pressante. Silencieusement, il sort de sa tente muni d'une lampe et s'éloigne vers le sentier de l'étang. La nouvelle lune montante ne dessinant qu'un subtil croissant dans le ciel étoilé, il n'y a pas une once de clarté dans le bois ; cela ne le rassure guère. L'angle du faisceau de la torche n'étant que d'une vingtaine de degrés, il ne distingue que trop peu ce qui l'entoure. Après s'être soulagé, il entame prestement le chemin du retour, mais l'ampoule s'éteint ! Angle de vision : zéro degré. Une nuit noire enveloppe son corps en le confinant sans délai dans sa peur primale ; il craint l'obscurité comme une souris craint un laboratoire. Ses poils se hérissent, son pouls s'accélère, une sueur froide ébauche un trajet croissant des chevilles jusqu'à son crâne. Prestement, il tapote la lampe et la lumière réapparaît. Ce court instant lui a paru être une éternité, alors il accélère sa cadence, mais l'ampoule s'éteint à nouveau. Il donne plusieurs coups sur la torche ; la lumière va et vient pendant que les ténèbres se resserrent sur lui tel un étau infernal. Une réminiscence lui rappelle les frayeurs nocturnes qui ont hanté sa petite enfance, cet âge où l'on distingue mal la réalité du rêve, cette limite étroite entre le vécu et le songe... La situation lui devient insupportable, il panique, les alarmes de l'angoisse sonnent dans ses tympans comme si une boutique de mauvais souvenirs était dévalisée dans ses tripes. Sa gorge se noue, il va presque pleurer. C'est là que, dans un flash, entre deux moments sombres, une forme humaine semble apparaître devant lui. Sa frayeur affabulatrice se matérialise en une silhouette inquiétante. Il se fige, paralysé de peur. Ses jambes miment la raideur d'une souche de pin qui renvoie son ombre au grès de cette versatile ampoule. Il veut crier, mais il a un nœud mouillé dans la gorge. Tout à coup, la lumière se fixe enfin ! D'un geste brusque, inhabile et tremblant, il pointe le faisceau à cet endroit précis. Marc distingue clairement un homme debout, droit comme un piquet, derrière une bruyère pas assez dense pour le cacher. Il est anéanti, le paroxysme de son épouvante le cloue au sol. Il voudrait détaler, mais incapable de transporter son corps perclus, il se résigne en entamant une grande inspiration. Débusqué, l'individu avance vers lui en pas soutenus ; des brindilles craquent sous ses lourdes chaussures, son buste est bombé derrière une veste en cuir sombre, son souffle est prononcé, son regard haineux dévisage le jeune homme pétrifié. Il est maintenant juste devant lui, en un face à face non consenti. C'est alors qu'il pose son index sur le front de Marc en appuyant fermement, l'étudiant recule de plusieurs pas. Ce n'est que dix secondes plus tard, en l'occurrence encore une éternité, que le gaillard lui dit d'une voix roque et menaçante :

— Toi et tes amis, dégagez d'ici !

Après avoir prononcé ces mots brefs, mais non moins tranchants, chargés d'autorité, il disparaît froidement dans l'obscurité. Marc pose les mains sur sa poitrine puis s'agenouille, la sécrétion d'adrénaline diminue, son angoisse s'atténue. Il regagne sa tente à toute vitesse. Protégé par le tissu opaque, ses amis à ses côtés, la solitude froide qui a amplifié l'angoisse de cette soudaine rencontre disparaît. Il décide toutefois de ne pas les réveiller, c'est sûr, Marc a reconnu l'un des deux chasseurs qu'ils avaient croisés à leur arrivée.

Le lendemain matin, après que le jeune homme ait raconté sa sinistre histoire, les amis discutent à ce sujet :

— Eh bien, y a du monde ici ! dit Jean en baillant, comme pour désamorcer une situation critique.

— Je vous avais dit que les chasseurs étaient inhospitaliers, rajoute Estelle.

— Oui, m...aintenant, c'est très clair, rétorque Marc.

Franck impose son allure suréminente pour dire :

— Bon, ne paniquons pas, je pense que l'on devrait essayer de les rencontrer pour leur parler.

— Oui mon cœur, mais où ?

— Ce sont sûrement des villageois, répond-il tout en pointant du doigt la direction du hameau.

Estelle s'approche de Marc, elle lui dit délicatement en posant une main sur son épaule :

— T'es d'accord ? T'irais là-bas toi ?

— Heu... ben... oui on va essayer de...

— Tu pourras lui demander pourquoi il veut qu'on s'en aille ?

— Oui, il est re...reparti si vite q..que je... je n'ai pas eu l..le temps de lui poser la question.

— Peut-être qu'ils ont juste peur que l'on nuise à la chasse ? Demande Roman.

— C'est sûrement ça, les chasseurs n'aiment pas qu'on squatte les forêts, mais ce serait bête de tout démonter pour reconstruire ailleurs, rétorque sa cousine.

— Je vous propose que l'on s'y rende demain matin, dit Franck.

— On en profitera pour faire un... un petit r...ravitaillement alors, rajoute Marc.

— Ok, nous irons là-bas demain. Jean, tu nous accompagneras ? Demande Franck.

— Ouais ouais, pourquoi pas ?

Le lendemain matin, les trois étudiants arrivent devant le monospace, un morceau de papier griffonné à l'encre rouge est inséré sous l'essuie-glace.

— Oh, un PV ? S'exclame Jean en pouffant.

Franck prend la feuille et leur montre l'inscription :

« *parté et ne revené pa* »

— Houla, il y a des écoles dans le coin ? Ironise Jean.

— Cela ne m'étonne pas, les études ne sont pas évidentes ici. Mon cousin, qui avait à peine onze ans, travaillait déjà la terre avec son père au lieu d'aller en classe, répond Franck.

— Ouais, et depuis le SMS, ça ne s'est jamais vraiment arrangé. En tout cas, c'est encore plus clair ; faut absolument leur parler, dit Jean en fixant Marc.

— Faut ab...solument l... leur parler, répète-t-il maladroitement.

— Et tes cousins Franck, tu crois qu'il y habitent encore ? Demande Jean.

— Ça fait plus de quinze ans que je ne suis pas venu ici, je n'en sais rien, c'est possible.

— Si on les retrouve, ils pourront peut-être nous aider ?

— Oui, mais j'espère les reconnaître, je ne les ai vus que deux fois.

— Tu te rappelles où ils habitaient ?

— À peu près, on verra sur place, répond Franck en ouvrant la portière du véhicule.

En se dirigeant vers le village, ils ne croisent personne. Cet endroit très peu fréquenté se situe à l'extrémité d'une route secondaire presque oubliée. Le hameau est le dernier témoin de la civilisation avant d'offrir à la nature un lénifiant no man's land. Un quart d'heure plus tard, le village apparaît sur son massif rocheux, déployant son atmosphère surannée, mais non moins charmante. Une cheminée sur l'un des toits en tuiles ocres crache sa fumée blanchâtre. Jean s'en étonne :

— Ils ont froid ?

— Non, ce doit être une marmite d'eau qui bout sur un feu de bois, répond Franck.

— Ils se servent encore de ça ?

— Eh oui, depuis le fameux pacte des Contre-Modernistes, on voit de tout Jean, on voit de tout.

— Ce sont des C.M. ?

— Peut-être, en tout cas, cet endroit y est propice.

— C'est vrai qu'ils n'ont même pas accès à internet ?

— Oui, il y a des zones où ils ont carrément coupé les fibres.

— Ils ont l...la télé au... au moins ? Demande Marc.

— Oui, je crois bien que c'est l'une des seules choses qu'ils conservent pour avoir un minimum de contact avec le monde, répond Franck.

— Mais si ce sont des C.M. Frank, ils devraient être pacifiques ? Demande Jean.

— Oui oui, ils devraient, c'est ce que l'on dit d'eux, répond-il en soupirant.

— Pourquoi ? T'as des doutes ?

— Oh oui, c'est n'importe quoi ce truc !

Depuis quelques temps, quelques citadins de souches aux esprits pathologiquement contestataires se sont parfois conglomérés dans des lieux sensiblement éloignés du progrès. Leur ras-le-bol d'une certaine ingérence urbaine s'est répandu au travers des réseaux sociaux et ils se sont auto-nommés tout simplement : les " Contre-Modernistes ". Sortes de défenseurs de la nature, tout en affranchissant l'homme de son appartenance. Par ce refus vigoureux de toutes formes de modernité, ils ont voulu réinventer le moyen-âge, le nouveau moyen-âge, le moyen-grand-âge... Enfin, un chahut souvent organisé en autocratie pernicieuse. Jean dit :

— Mais ils œuvrent pour la protection de la planète en refusant l'emprise des villes ?

— La protection de la p...planète est le plus grand combat d...de l'humanité n...nous disait notre prof d'écologie, répond Marc.

— Tu as raison de le rappeler, mais eux, ils sont nés de l'éthique discount des réseaux sociaux, je n'ai pas confiance, dit Franck.

— Ceux-là m...même qu'ils r...renient maintenant.

— T'as raison Marc, mais ça n'est pas plus mal, rétorque Franck en se retournant vers lui.

— Mais ce qu'on f... fait, c'est un peu la... la même chose qu'eux Franck ?

— Non Marc, nous, nous cherchons des changements de notre comportement, nous ne nions pas le progrès. Eux, ce sont des frustrés de tout, alors je n'ai pas trop confiance.

— Ce ne s...sont peut-être pas d...des C.M. ?

— C'est ce que l'on va bientôt savoir.

Ils se rapprochent maintenant du village par un petit col en pente raide. Plus haut, après quelques épingles bien tortillées, des baies écrasées au sol en traînées noires dégagent une odeur subtilement sucrée.

— Des mûres, des mûres ! Je veux en prendre ! S'exclame Jean.

— Au retour, on s'y arrêtera, répond Franck.

Après avoir longé deux hauts murets jonchés de ronces à mûrons, ils arrivent sur la placette, Franck gare son véhicule près de la fontaine. Les jeunes, avec leurs vêtements chics et leur allure de touristes, se dirigent vers l'épicerie en pas hésitants, en terrain non-conquis. D'ailleurs, l'accueil n'est pas très chaleureux ; d'emblée, une femme à l'âge ambigu les croise sans les saluer, puis deux petits vieux encastrés sur un banc en béton ne daignent même pas se retourner. L'épicière, quant à elle, les observe attentivement derrière sa vitrine embuée avec un air ahuri. Le chat est encore là, sous l'une des arcades. Il lorgne devant lui une gamelle en inox avec des croquettes collées au fond. Assis, immobile, impassible ; il semble qu'il pourrait rester comme ça pendant des heures. Marc s'en approche lentement et récolte du félin un doux « miaou » demandeur. Il le caresse, pas farouche le chat ! Sa queue se raidit, il se frotte sur les jambes de l'étudiant en ronronnant et déposant quelques poils sur son pantalon en lin. Apitoyé, le jeune homme sort de sa poche un couteau suisse pour décoller les croquettes du fond de la gamelle. Il lui verse un peu d'eau. Gagné le chat ! Franck, qui observe son ami bras croisés, lui dit :

— C'est bon Marc ? Tu as fait ta B.A ?

— J'aime bien l...les chats.

— Je sais, je sais, mais je te propose maintenant de faire les courses à l'épicerie, pendant que Jean et moi allons tenter de retrouver mes cousins, tu es d'accord ?

— Ok Franck, à tout à l'heure, je... je vous attendrai là.

— À toute Marc !

Il entre dans l'épicerie par une porte-fenêtre enlaidie d'un rideau à dentelle aux formes niaises. Une clochette tinte.

— B'jour jeune homme.

— Bonjour Madame, je peux ?

— Oui oui, allez-y.

L'étudiant se munit d'un panier à roulettes, flâne dans la boutique, et après avoir écumé l'unique rayon, se pointe à la caisse pour poser ses articles sur un tapis en caoutchouc immobilisé d'usure. L'épicière lui demande spontanément en un ton direct et familier :

— C'est vous les jeunes qui camp' dans les bois ?

— Oui m...adame, les... les nouvelles vont vite dans le...le coin.

— Ben, vous savez, ben on n'voit pas beaucoup d'monde ici.

— Il est à v...vous le chat dehors ?

Elle lève les yeux au plafond en soupirant.

— Non, il appart'nait à ma voisine, elle est morte il y a peu.

— Ah... désolé, c'est p...pour ça qu'il attendait de... de la sorte ?

— Pfoui, il veut tout l'temps manger c'lui ci.

— Ce s...sont les chats.

— Les chats oui.

— Heu... pardon, je... change de...de sujet... mais on a croisé p...plusieurs personnes dans les... les bois et nous voudrions leur parler.

— Ben, vous pouvez m'les décrire ?

— Oui, il y a deux chasseurs : un grand a... avec un teint pâle et... et un autre rabougri. J'ai été aussi secouru par un... un homme au visage un... un peu déformé.

— Mmm, oui, j'vois... les chasseurs sont d'ici et l'aut', il habite à la sortie du village. Et que voulez-vous leur dire ?

— Bien... j'aurai aimé re... remercier celui qui m'a aidé, et les autres... je... ils veulent qu'on quitte les lieux au plus vite mais... m...mais on ne sait pas pourquoi ?

— J'vois, j'vais vous raconter une histoire qu'est arrivée y a deux ans d'ça :

Tout en replaçant une barrette en bambou sur ses cheveux grisonnants, assise légèrement derrière sa caisse, elle relate les faits à Marc. Elle lui explique que cinq jeunes de la ville résidaient eux aussi dans les bois pendant des jours. Et qu'en dépit de toute quiétude, il entravèrent le bon déroulement de la chasse. C'est alors que l'un d'entre eux reçut une balle perdue et faillit mourir. Après ces faits, les villageois surent que les jeunes vouaient un culte pour les cervidés. Ils faisaient partie d'une secte et avaient effrayé tout le monde pendant leur résidence. Que depuis ce jour, les villageois craignent davantage les étrangers et ne souhaitent plus que cela se reproduise.

Marc en est soulagé, il lui explique rapidement le caractère diamétralement opposé de leur motivation en lui demandant ainsi de faire passer le message aux chasseurs, si elle les voyait. Elle comprend la quête de l'étudiant en répondant favorablement. L'air candide du visage aux petites lunettes rondes de son client a mis en confiance la villageoise.

— Ça fait longtemps qu...que vous habitez ici ? Demande Marc.

— D'puis toujours mon grand, mais la maternité où j'suis née n'existe plus.

— Eh, oui, c'est à chaque fois l...le... m...même problème à la c...campagne, les médecins sont rares et...et les maternités sont loin.

— Pfoui... d'toute façon, y en a plus beaucoup d'jeunes ici.

— Ah, bon ? Même pas des... euh... des...citadins q... qui viennent pour changer... d'air ? Vous v...voyez ?

— Les C.M. ? Oui, ça arrive d'temps en temps, c'est ma copine Sandra qui les recense.

— Et l...les agriculteurs, et les... les... éleveurs, il y en a d... dans le coin ?

— Pfoui, maint'nant il y a bien plus d'légumes sur les toits d'vos villes qu'ici mon bêta !

— Ah, bon ?

— Eh oui, mon nigaud, ici, ben c'est presqu' fini tout ça.

Pendant ce temps, Franck et Jean se pointent devant une maison dans les hauteurs du village. C'est la dernière habitation mitoyenne d'une ruelle étroite, avant qu'un escalier en pierre truffé d'herbes inopportunes n'impose sa pente raide vers une massive anfractuosité rocailleuse.

— Je crois que c'est là, dit Franck.

— Ouais ouais, eh bien, on va voir ?

— Allez on frappe ?

— Allez.

Après avoir toqué trois fois, une très vieille dame apparaît timidement entre l'arête irrégulière du mur et le bois épais de la porte.

— Bonjour, je suis Franck, votre petit cousin.

— Qui ? Demande-t-elle d'une voix fluette.

— Franck, je suis le fils d'Irène et Vincent, vous savez, votre petit cousin de la ville.

— Qui ça ? Répète-t-elle.

Il ôte aussitôt sa casquette et ses lunettes de soleil.

— Heu... Franck votre pe...

À ce moment, Jean est soudain pris d'un rire moqueur, qu'il dissimule avec subtilité en feignant un éternuement.

— Laisse tomber, je crois qu'elle n'entend rien, lui chuchote-t-il.

— Que voulez-vous Messieurs ? Demande-t-elle en entrouvrant un peu plus la lourde porte.

Franck la regarde de plus près, mais il n'est pas convaincu que cette dame soit sa cousine. Il ne la reconnaît en rien.

— Oh, excusez-nous madame, nous nous sommes trompés de maison, lui crie-t-il.

— Ne criez pas comme ça ! Je n'suis pas sourde !

— Ah bon ? Pardon Madame.

Elle referme aussitôt la porte sans rien dire.

— C'est pas ici ! Dit Jean en riant encore.

— Pfff, je ne sais plus trop, mais on ne va pas faire tout le village, t'imagines si on tombe que sur des cas comme elle ? On va en avoir pour toute la matinée. Allez, on rejoint Marc.

Ils retrouvent leur acolyte discutant encore avec l'épicière à l'extérieur de la boutique. Marc lui présente ses deux amis, puis leur explique le cas des sectaires. L'improbable simplicité des jeunes a mis en confiance la villageoise, elle leur offre même des bières.

— Tenez, cadeau d'la maison, elles sont fraîches, dit-elle toute avenante.

— Merci beaucoup Madame, répondent-ils à l'unisson.

Ils terminent leur boisson et saluent leur bienfaitrice, ainsi que deux clients du bistrot voisin présumant vapoter leur cigarette électronique pour les épier. Ils remontent dans le monospace. Marc, assis à l'arrière du véhicule, dit à ses amis :

— L'épicière est née ici, c...c'est p...pas une C.M.

— J'avais compris Marc, elle est cool cette femme ! Répond Franck.

Pendant ce temps, elle rentre dans son commerce.

— C'était eux ? Demande une voix grave dans l'arrière- boutique.

— Oui, z'ont pas l'air dang'reux ceux-là.

— Rabougri, hein ? Ils vont voir qui est rabougri !

— Non mais j't'assure qu'ils sont pas com' les aut', dit-elle avec un léger rictus.

— On verra, on verra...

— Mouais, on verra, mais tu devrais parler à l'aut' con.

— On verra, on verra...

— T'entends Jacques ? Crie-t-elle.

— Ça va, et puis il est assez grand pour s'gérer.

— Mais qu'est c'qu'il gère c'lui-ci ? Cet alcoolique de malheur !

— On en a d'jà parlé cinquante fois, dans l'fond, c'est un brave type.

— L'fond ? L'fond d'sa bouteille oui p'têtre, il est mauvais com' la peste et il frappe sa femme en plus. J'espère qu'il va les laisser tranquille.

— T'sais qu'il fait c'qu'il veut ! Et c'est toi qui va l'empêcher ?

— Pfoui, d'tout' façon, il vous a tous mis dans sa poche c'lui-ci. Vous l'craignez trop !

Cela clôt la discussion. Sur la placette, encore le chat et les automates déambulant dans les odeurs de pain frais. Le doux bruit de l'eau s'écoulant dans la fontaine accentue un sentiment de quiétude. Un merle nettoie son bec sur la mousse suave de l'abreuvoir verdi, puis s'envole aussitôt : le chat. Cette scène est épiée par un vieux monsieur accoudé sur le fer forgé blanc d'un balconnet, pendant qu'à l'étage au-dessus, une femme ouvre ses volets en admirant les immuables massifs boisés au loin. Encore au-dessus, les tuiles aux toits chauds, les cheminées accidentées et les antennes râteau perpétuent leur course contre le temps. Un léger vent se lève, des feuilles tourbillonnent entre les arcades pendant que les cloches

de l'église sonnent lamentablement onze heures. Toujours déréglées. Le temps...

CHAPITRE V - L'ETANG.

Trois jours passent après la première visite au village, les campeurs n'ont plus fait de rencontres incongrues avec les autochtones, les signes d'hostilité et de malveillance ont disparu. Les journées sont passées au fil des tâches de chacun. Roman et Marc ont pêché, Lucy et Nadia ont cueilli des fruits et des champignons, Estelle et Jean ont confectionné de bons repas et Franck a participé un peu à tout chaque jour. Les moments entre ces activités ont été consacrés à des discussions ou de la détente. L'atmosphère végétale, minérale, rude et isolée a parcouru un cheminement mesuré dans leur esprit. Progressivement, ils ont acquis de la sérénité ; il n'y a que les piqûres d'insecte qui ont causé les plus vifs regrets. Ce matin, Franck, Marc et Jean se rendent au village pour le ravitaillement. Nadia, tout en finissant sa succincte toilette, leur propose de se joindre à eux. C'est là qu'elle aperçoit Marc se heurtant à une branche semblant n'être là que pour lui jouer un mauvais tour. « Mais quel maladroit », se dit-elle, en peignant sa chevelure noire et crépue. Baskets aux pieds, elle les rejoint, puis ils empruntent le sentier du monospace. Trois quart d'heure après, ils entrent dans le village plus sereinement que la première fois, Franck se gare devant l'épicerie. Les jeunes sortent du véhicule pendant que la commerçante, assise devant sa boutique sur une chaise en osier, s'exclame toute avenante :

— B'jour vous, et b'jour Mademoiselle, dit-elle à Nadia en la déshabillant du regard.

— Je m'appelle Nadia.

— Sandra.

Elle se lève et lui tend la main.

— Vous êtes magnifique Nadia.

— Oh, bien... merci Sandra, vous aussi...

— Taratata... j'suis vieille, dit-elle tout en replaçant sa barrette.

— Oh, mais vous savez, l'âge n'est pas un critère de beauté.

— C'est c'que vous dites tous à la ville, mais ici, c'est pas pareil.

— Mais non Sandra, mais non.

— J'ai soixante-dix ans.

— Quoi ? Mais vous en faites dix de moins !

— Allez, vous m'chariez.

— Ah non, pas du tout Madame, vous faites à peine la soixantaine.

Elle replie son tablier sur les hanches rondes, replace une mèche de cheveux aux pointes abîmées derrière son oreille, puis entre dans la boutique en ricanant. Elle dit :

— Allez, v'nez vous servir, y a plein d'bonnes choses aujourd'hui.

Après avoir fini leurs courses, les jeunes rangent leur chargement dans le coffre. Il n'y a que Marc qui reste dans la boutique pour payer. L'épicière lui dit spontanément :

— Vous savez, j'ai parlé aux chasseurs.

— Alors ?

— Ben, ils ont compris j'crois.

— Vous croyez ?

— Ben, ils sont partis pour quelq'jours à la chasse au cerf dans une forêt voisine. Vous n'les avez pas r'vu vous ?

— Non.

— Ben, ils ont compris alors.

— Ah ? Bon, si... si vous le dites, et l'autre ?

— Lui ? Ben, il vient peu ici, il n'est pas très causant et parfois, il m'fait un peu peur.

— Pourquoi ? Demande Marc avec inquiétude.

— Vous vous rapp'lez l'histoire de l'aut'fois ? Ben, c'est lui qui avait tiré sur l'jeune. Les policiers étaient allés chez eux et ils avaient trouvé de drôles d'choses.

76

— Chez eux ?

— Oui oui, il vit avec sa mère et son frère.

— S...sa mère et son frère ? m...mais q... quel âge a-t-il ?

— Ben, la trentaine, pas plus.

— Ah bon ?

— Oui, j'sais !

— Et quelles d...rôles de ch...choses ont-ils trouvé ? Demande-t-il en nettoyant les verres de ses lunettes.

C'est alors que Franck entre dans l'épicerie et perçoit le geste de son ami lorsque celui-ci angoisse. La dame s'adresse subitement à lui, comme s'il avait suivi la conversation depuis le début :

— On n'a jamais vraiment su... mais ils sont mysté-rieux, on n's'y habitue pas trop ici.

— Plaît-il ?

— Je t'expliquerai Franck, répond Marc.

Un client entre dans le magasin : la conversation se termine comme ça. Ils les saluent puis reprennent la route.

— C'est quoi le problème Marc ? Demande Franck en le regardant par le rétroviseur.

— C'est l...l'homme qui... que j'ai vu à l'étang : elle en a p...peur.

— Ah bon ? Il t'a aidé pourtant !

— C'est sûr, m... mais c'est vrai qu...qu'il fait peur le mec !

— Et pourquoi elle a dit qu'ils étaient mystérieux ? De qui parlait-elle ?

— De sa famille, l...la police a trouvé de drôles de ch...choses chez eux.

— Et c'est là que la conversation se termina ; on n'en saura pas plus alors ?

— Eh non.

— Marc, ce doit être des rumeurs de villageois... t'inquiète pas.

Plus tard, au camp, Estelle s'exclame en voyant revenir ses amis :

— Yes ! On va tenir deux semaines avec tout ce que vous ramenez là, c'est trop cool.

La phrase jubilatoire de la jeune fille est à peine terminée, qu'un tonnerre gronde ; un orage arrive droit sur eux. Les jeunes enfilent aussitôt des cirés pour se rendre au bord de l'étang, le seul endroit un peu dégagé afin de ne pas être foudroyés sous les arbres. La pluie tombe. Très vite, elle mue l'eau calme en un bouillon effréné. L'averse est soutenue, elle frappe sur la végétation en un brouhaha assourdissant. Les tonnerres, les éclairs, encore les tonnerres, chaque éclat illumine sporadiquement la forêt assombrie par les cumulo-nimbus survoltés. Le vent s'en mêle, quelques puissantes rafales font se plier les roseaux en leur point de rupture. Les jeunes, positionnés le long de la berge, subissent impatiemment la perturbation...

Vingt minutes plus tard, l'orage interrompt sa vigueur pour s'éloigner vers l'Est ; une odeur de terre détrempée parachève l'épisode atmosphérique.

— Hey, regardez les arbres derrière les roseaux sur la rive d'en face, ils sont restés penchés, dit Jean en ôtant sa capuche.

— C'est pas les rafales d'aujourd'hui qui les a plié comme ça, répond Roman.

— Ah bon ?

— Oui, en fait, ils subissent le vent dominant depuis leur naissance et restent pliés naturellement.

— Oui, si t'étais ve...venu p...pêcher quelques fois avec nous au lieu de... de fumer des joints, t...tu l'aurais remarqué, dit Marc tout en souriant.

— Mais, tu sais que je reste au camp pour aider notre Estelle ?

— Oui, je le confirme, quand vous partez, y a que lui pour rester avec moi.

— Si tu veux, je resterai plus souvent mon cœur ? Demande Franck instantanément.

— Oui j'aimerais bien, comme ça, Jean pourra aller pêcher aussi.

— Je suis prêt pour aller où vous voulez, dit Jean en imitant une courbette.

Ils rentrent au camp, trempés.

— Demain, nous passerons toute la journée ensemble, t'es d'accord mon cœur ? Demande Franck à sa compagne.

— Et comment ! Lui répond-elle en l'attrapant par la nuque pour l'embrasser langoureusement.

— Eh Bien, c'est torride par ici, dit Nadia en voyant l'embrassade.

— Et alors, faites en autant, lui répond Estelle.

— Pfff, tu sais comme moi que c'est un grand pudique mon Jean, il veut toujours se cacher pour m'embrasser.

— Franck et moi, on s'en fout, il peut y avoir un stade plein autour de nous, que ça n'y changerait rien du tout. Demain, on va passer toute la journée sans se lâcher d'une semelle, trop cool ! Dit-elle en l'embrassant à nouveau.

Estelle n'apprécie guère l'absence de son chéri, car elle a une relation fusionnelle avec lui. Quand ils ne sont pas ensemble, c'est comme si une partie de son corps la quittait. Elle a essayé d'enrayer ce phénomène depuis leur arrivée, conformément aux ambitions du séjour, mais c'est de plus en plus pénible. La jeune fille a souffert de la disparition brutale de son père lorsqu'elle avait huit ans. À quatorze ans, elle s'est faite tatouer sur l'épaule : " *À mon papa pour la vie* ", en mandarin. Son équilibre mental fut rudement mis à l'épreuve plus tard, lorsqu'elle sut la raison de sa mort : il avait été assassiné par le mari de sa maîtresse. C'est là que les cauchemars ont commencé, sans répit. Elle a alors expérimenté toutes sortes de remèdes : de comprimés douteux aux séances d'acupuncture infructueuses en passant par les consultations d'un psy. La dernière visite chez ce dernier fut conclue par la phrase qu'elle lui invectiva : « Allez donc vous faire soigner ». Il la draguait un peu... En conséquence, ces maux stagnent depuis des années. Certains réveils lui sont fastidieux ; elle met un moment à concevoir qu'elle est sortie du cauchemar, elle cherche alors la main de son compagnon pour qu'il la lui pince. Et ça marche ! La douleur est inexistante dans le monde onirique. À cause de ces incommodités, Estelle ne supporte pas d'être célibataire. Heureusement que son corps de mannequin ainsi que son visage taillé dans les carrières d'Aphrodite ont toujours suscité l'engouement des garçons. Même son léger strabisme lui donne un charme fou. Estelle veut être protégée, choyée, distraite, désirée, considérée. En tout, aimée. Depuis Franck, ces critères sont réunis en leur sens des plus expressifs, cela altère ses angoisses ; ça lui fait du bien.

Une semaine passe après l'orage, le séjour est toujours autant agréable pour les étudiants. Ils ont apprivoisé leur nouvel habitat avec succès. Il n'y a que Roman qui a traversé cette expérience avec quelques désagréments de santé. Aujourd'hui, il est encore un peu souffrant et il a perdu l'appétit. Le jeune homme a passé l'après-midi dans sa tente avec un début de fièvre, et ses amis s'inquiètent à son sujet. Étant déjà très maigre, ils ont l'impression que chaque repas sauté peut le fragiliser. Lucy leur explique que ce n'est pas la première fois que ça lui arrive. Elle les assure qu'il s'en remettra vite.

Le jeune homme a une santé fragile depuis sa naissance, c'est comme si un aimant à agent pathogène avait élu domicile dans son corps. Ce qui est embêtant cette fois-ci, c'est qu'il a oublié de prendre sa pharmacie : antihistaminiques, antibiotiques, anti-inflammatoires, antalgiques et autres anti quelque chose. Les médecins lui ont toujours dit que c'était la fatalité ; il y a des gens plus fragiles que d'autres. Mais Roman soupçonne quand même quelque chose de pas net, comme si ses parents lui avaient toujours caché un secret. À l'âge de neuf ans, après un séjour à l'hôpital, il avait dû changer d'école pour une raison qu'il ne sut jamais. Depuis, sa famille élude son questionnement sur le sujet, comme pour le protéger d'une mélodie persistante qu'il aurait à trimbaler toute sa vie, telle une rengaine sisyphéenne. Un peu avant de quitter la ville pour cet endroit, il a reçu un étrange mail anonyme avec juste un nom : *Colman Chadman*, signé : un ami médecin. Il s'est dit alors qu'il enquêterait sur ce drôle de message après son périple forestier.

Jean n'est pas très bien non-plus, mais il met ça sur le compte du joint de sativa qu'il a fumé en plein soleil. Pas malin.

Ce soir-là, au village, dans l'épicerie.

— Sandra, t'as parlé avec eux ?

— Oui, y a une semaine j'crois.

— Et l'taré tu lui as parlé quand ?

— Avant hier.

— Et combien d'temps ils voulaient rester là-bas ?

— j'sais pas trop ?

— Ils doivent encore y être, il faut vérifier absolument.

— Et toi Jacques, tu dis rien toi ? Demande l'épicière à son mari.

— Faut vérifier absolument chérie, répète l'époux.

— Laisse ton mari tranquille, il va v'nir avec moi.

— Il n'est pas com' toi avec ta femme, il fait pas c'qu'il veut lui.

— Jaco ! Gueule le chasseur en fixant son ami en un regard autoritaire et menaçant.

— T'inquiète pas Sandra, je reviens vite, dit-il à sa femme en lui caressant la main.

Les deux chasseurs sortent de la boutique en discutant :

— Jaco, j'suis sûr de c'qu'ils vont faire les tarés.

— Moi aussi, mais tu crois que ?

— Je crois qu'ils ont intérêt à n'plus être là !

Il règne une ambiance glauque dans le village. Les habitants se sont cloîtrés chez eux, abandonnant les ruelles à leurs pavés ébréchés. Le chat est mort, crevé là, sans que personne ne s'en enquiert. Il était vieux. Un volet claque, une porte se ferme. Silence.

Au même moment, Estelle et Franck se rendent à l'étang pour faire une baignade sous la lune presque pleine. Sac à dos aux épaules, légèrement vêtus, ils admirent le décor naturel d'un soir de printemps dans les bois. La clarté est telle, qu'ils n'allument même pas leur lampe. Le petit chemin de terre orné d'arbrisseaux en tout genre leur offre un aller simple vers le bonheur familier d'un tête à tête amoureux.

— Qu'est-ce que c'est beau Franck !

— Magnifique mon cœur.

— Et où tu m'emmènes exactement ?

— J'ai repéré une petite plage quand je pêchais avec Roman.

— Et t'as pensé à nous !

— Oui, mon cœur, lui dit-il tout en l'embrassant.

Estelle lui serre la main en disant :

— Faut que je te raconte mon rêve de cette nuit, truc de fou ! J'étais près d'une maison, elle ressemblait à celle de ma grand-mère, mais en plus petite. Et je ne sais pas trop pourquoi, je devais franchir des haies. Elle étaient hautes, mais je les sautais comme rien et c'est là que j'ai pris conscience que j'étais dans un rêve ! C'est rare, mais c'est pas la première fois que ça m'arrive. Alors j'ai continué à sauter, trop confiante. Mais il m'est arrivé quelque chose de plus fou. Je me suis approchée d'un mur de briques entrelacé de plantes mortes et de petites fissures pour le regarder de près. Et là, je te jure que c'est vrai, j'ai pris conscience que c'était moi qui créais tout ça ! Tu sais bien que je suis incapable de dessiner la moindre chose, mais ici, j'avais peint un tableau hyper complexe. Je me suis dit : « C'est moi qui crée tout ça ! », puis j'ai évolué dans le décor en admirant ma création. C'était drôlement précis, je sais pas combien de temps ça a duré, mais après, tout est redevenu normal... J'étais poursuivie par des hommes armés dans le lit d'une rivière.

— C'est fou ça, comme tu dis.

— J'ai franchi un palier dans le rêve lucide mon cœur, t'imagines ?

— Tu vois, je t'avais bien dis que des choses change-
raient ici, la preuve.

— Oui, carrément top, j'aimerais bien que ça m'arrive
plus souvent. Et toi ? Tu te souviens toujours pas de
tes rêves ?

— Toujours pas mon cœur, je ne sais même pas si je
rêve.

— C'est dingue ça !

— Je sais, mais ça n'évolue pas.

Ils arrivent sur la plage, elle ressemble à une petite
crique que l'on pourrait trouver en bord de mer. Les
amoureux se déshabillent aussitôt, Les 25° de cette
soirée printanière ont encouragé leur désir de nudité.
Ils installent leurs serviettes au sol pour s'y détendre
en s'embrassant. Leurs lèvres se collent entre elles
pour se soustraire lentement à leur langue humide,
puis savamment, leurs mains s'égarent sur les parties
les plus intimes de leur corps exalté. Franck passe un
bras sur le dos d'Estelle, la soulève, puis se mettent
debout. La jeune fille love les hanches de son amant
avec ses longues jambes. Leur peau collée une à
l'autre, ils se rapprochent de l'étang ; plus près, encore
plus près... Entrelacés, ils pénètrent progressivement
dans l'eau ; elle est chaude. Ondulations régulières,
vaguelettes s'écrasant sur les berges ; ils font l'amour
pour la première fois dans un milieu aquatique.

Après que la forêt ait résonné de leurs multiples émois, les amants s'embrassent encore. Ce baiser, débordant d'amour et de tendresse inonde l'étang d'un romantisme majestueux.

— Je t'aime, dit Franck en décollant ses lèvres.

— Toi même ! viens on nage, l'eau est bonne.

— J'ai un peu froid mon cœur, je vais aller me sécher, mais vas-y, je te surveille.

Il l'embrasse encore puis sort de l'eau en tremblotant. Franck met sa serviette autour de ses épaules et allume une cigarette, tout en regardant sa bien-aimée. Estelle a entamé une brasse lente et sereine accolée au reflet de la lune chancelant sur la surface de l'eau. Les clapotis de ses gestes sonnent le rythme d'une nage maîtrisée, limpide. Soudain, ces tympans à moitié immergés vibrent d'un bruit étrange. Elle stoppe, dégage les cheveux collés sur son front et passe ses doigts sur ses paupières pour regarder en direction de la plage : elle ne voit pas son chéri. Estelle réitère son geste, toujours rien. « Mon cœur ? » Crie-t-elle d'un ton sec.

Pas de réponse. « Mon cœur, t'es où ? » Toujours rien. Elle effectue un crawl soutenu pour regagner la berge. Lorsqu'elle sort de l'eau, elle l'appelle encore : « Mais merde mon cœur, qu'est ce que tu me fais, t'es où ? » Silence. Elle enroule maladroitement sa serviette autour de ses hanches, puis regarde derrière un gros rocher en pensant qu'il lui fait une mauvaise blague. Personne. Ce n'est pas son style de faire ce genre de canular, elle le sait ; mais quoi ? ça peut arriver. Elle crie encore : « Là, je t'assure que c'est plus drôle du tout Franck ! »

L'appeler par son prénom est un signe d'énervement extrême, elle va basculer dans un état second. C'est à ce moment qu'Estelle aperçoit la cigarette de Franck se consumant au sol, près de ses habits et de son sac à dos. Elle avance vers le mégot, y distingue clairement des traces de chaussures sur le sable humide. Ses pulsations cardiaques qui n'ont pas diminué depuis la nage rapide du retour s'intensifient. Des larmes perlent sur sa chair encore vibrante du plaisir concupiscent qu'elle vient d'avoir avec le désormais disparu. Le soudain et violent passage d'une étreinte amoureuse à une solitude froide lui transperce l'esprit par un éclair de lucidité : c'est sûr, il y avait quelqu'un d'autre ici. Il y avait quelqu'un, et Franck a disparu. C'est là que le bruit qu'elle a entendu dans l'eau résonne jusqu'à ce que sa mémoire auditive lui présente les multiples sorts qu'a pu subir son compagnon. Elle frissonne, pleure encore plus. Estelle se rhabille, ses mains tremblantes attrapent les affaires au sol, puis elle détale à toute vitesse sur le sentier du camp. Maladroitement, elle fait tomber le sac de Franck : des objets s'étalent sur la terre. La jeune fille s'empresse toutefois de les ramasser. À sa surprise totale, elle aperçoit vaguement le dessin d'une pomme à côté du short de son compagnon. Estelle envoie son bras au sol, se saisit de l'objet : c'est le smartphone de Franck ! L'incompréhension absolue se rajoute à sa frayeur, mais elle se remet tout de suite à courir tant bien que mal, lestée du poids de ces déliquescences enchevêtrées. Arrivée au camp, elle crie : « Réveillez vous, Franck a disparu, Franck a disparu, réveillez-vous ! »

Ses amis, interloqués, sortent des tentes et voient Estelle à genoux ; décomposée, livide.

CHAPITRE VI – ROMAN.

Un vent de panique refroidit les étudiants, telle une soudaine brise piquante. Nadia prend Estelle dans ses bras et la questionne avec ménagement, mais les sanglots qui interfèrent entre chaque mot qu'elle prononce rendent ses phrases inintelligibles. Lorsqu'elle se calme un peu, les jeunes comprennent enfin.

— Il faut retourner là-bas, dit spontanément la jeune métisse.

— Oui, t'as r..raison, faut y aller tout d..de s...suite, dit Marc en ramassant ses lunettes tombées au sol.

Estelle accompagne ses amis à l'étang, il n'y a que Roman qui reste au camp, toujours malade. Arrivés sur la plage, elle dit en pleurant encore :

— Voilà, regardez, là... et là... ce sont bien des traces de chaussures ?

Jean pointe sa lampe sur les traces et dit en regardant son amie :

— T'es sûre qu'elles n'y étaient pas quand vous êtes arrivés ?

— Certaine ! Répond-elle d'un ton ferme.

— Regardez, là et là, elles vont jusqu'aux roseaux, dit Lucy.

— On va les suivre, rajoute Nadia.

— On y va tous ? Demande Marc.

— Non, vous, restez ici, j'y vais avec Jean.

C'est à ce moment qu'Estelle leur présente le smartphone de Franck dans ses mains ouvertes.

— Ou t'as t...trouvé ça ? Demande Marc stupéfait.

— C'est celui de... celui de Franck.

Il lui arrache des mains pour vérifier l'information.

— Mais pourquoi ? Tu l...le savais ? Demande-t-il en la fixant avec une formidable consternation.

— Non, je t'assure que non, je suis autant étonnée que toi.

Elle regarde les autres, ils ne disent mots.

— Quelqu'un le savait ? Demande-t-elle.

Chacun répond négativement, tout en appliquant le mauvais goût de la haute trahison sur un jugement hâtif et maladroit.

— Bon, on verra ça plus tard. Jean, on y va maintenant, ordonne Nadia.

— On vous attend ici, dit Lucy en prenant la main d'Estelle.

Le couple suit les traces de pas en direction des roseaux. Après avoir écarté les imposantes graminées, ils remarquent que des ramilles et autres brindilles sont déjà pliées, formant un passage forcé dans la végétation. Ils empruntent cet accès improvisé, lampes pointées, courages élancés. Dix minutes plus tard, après que les arbustes épineux n'aient cessés de planter leurs défenses dans leurs jambes pendant cette pénible traversée, ils arrivent au abords d'une traînée d'herbes entre deux bandes terreuses : c'est une piste de massif forestier. Des figures géométriques ordonnées se distinguent clairement sur la terre sèche.

— Regarde, il y avait une voiture ici, dit Jean.

— Oh, mon Dieu, on l'a enlevé !

— Quoi ? mais...

— C'est sûr, quelqu'un l'a enlevé.

Nadia pointe sa lampe sur un côté de la route bordée de grands platanes, mais la lumière s'y perd.

— T'as vu la longueur de ce chemin ? Demande-t-elle spontanément.

Son esprit en est happé, comme engouffré de force dans le tréfonds de ce sentier qui semble absorber une réelle catastrophe.

— Ouais ouais, on va pas continuer, c'est trop long, dit Jean.

— T'as raison, on va aller rejoindre les autres. Là, ça me fait vraiment peur mon ange.

Cette phrase et le sentiment qui en découle accroissent avec vivacité l'anxiété de l'étudiant. Habituellement, il en faut beaucoup pour qu'elle lâche cette sensation ; Nadia a un courage que beaucoup d'hommes lui envieraient. Le problème de Jean en l'instant, c'est que les effets du cannabis estompés, il n'est plus immunisé contre les situations difficiles. L'inhibiteur de stress a disparu, la frayeur chasseresse a capturé son héroïsme dans sa nasse. Le jeune homme tente quand même de ne pas l'exposer à sa compagne... en vain :

— J'ai peur aussi, répond-il, abdiquant.

Ils rebroussent chemin pour regagner l'étang. Après avoir rejoint leurs amis et fait part de leur découverte, Estelle réagit spontanément :

— Mais qu'est-ce qu'on va faire ? Qu'est-ce qu'on va faire ?

— Le téléphone ! On va appeler les secours, répond Jean.

— On a essayé, mais il l'a verrouillé avec la vieille reconnaissance faciale. On n'a même pas accès aux numéros d'urgence.

— Oh, quelle merde ce truc ! Peste Nadia.

Lucy prend encore la main d'Estelle, elle lui dit :

— Je suis sûre que mon cousin va pouvoir le débloquer, c'est un as en la matière.

— Mais oui, Roman ! Allez, allez, on y va de suite.

Sur le chemin silencieux du retour, des tonnes de questions dévorent leur esprit saisi par cette invraisemblable mésaventure, il n'y a que les reniflements d'Estelle qui accompagnent le bruit de leurs pas sur la terre sèche.

Au même moment, au village, il règne toujours un climat singulier. Le chat crevé n'est plus là, on a dû lui donner une sépulture décente ; une poubelle. Cloîtrée chez elle, la femme du chasseur téléphone à l'épicière :

- *Allo Sandra, c'est Sally. Jacques y est allé aussi ?*
- *Oui, ton con d'mari est v'nu l'chercher.*
- *Ils y vont tous ? Et t'sais c'qu'ils vont faire ?*
- *Oui, ils vont les faire partir.*
- *T'es sûre ? C'est pas c'qu'il m'a dit.*
- *Mais non, t'inqu... Ooooooh*
- *Quoi ? Sandra ? Qu'est ce qu'y a ?*
- *Attends...*
- *Allo ? Allo ? Sandra ?...................*
- *T'imagines pas ? Une chauve-souris énorme vient d's'écrabouiller sur ma f'nêtre !*
- *Ah bon ? J'désteste ces bestioles moi.*
- *Elle m'a fait peur.*
- *Ben, tu m'étonnes.*
- *Bon, sinon t'inquièt' pas pour eux.*

- j'espère qu'ils sont partis
- Moi aussi, allez, bonne nuit Sally.
- Bonne nuit Sandra.

Les jeunes arrivent au camp, Marc allume aussitôt un feu, il invite Estelle à s'asseoir près de lui pendant que Lucy rejoint son cousin dans la tente. Elle y entre.

— Roman, Roman , réveill...

Brusquement, un cri effroyable déchire le voile silencieux de la forêt, glaçant encore le sang des étudiants. Leur stupeur en est telle, qu'ils n'avaient jamais entendu un hurlement aussi bouleversant. C'est Lucy, elle ne cesse de hurler, chaque expiration accouche d'une lamentation, puis d'un cri monocorde. Elle sort pesamment de la tente à reculons, accroupie, avec une main au sol et l'autre sur la bouche. La jeune fille s'effondre à terre et prend immédiatement la position du fœtus. Elle vomit. Cette scène sidère les autres, c'est Nadia qui se précipite la première en lui demandant, lèvres tremblantes :

— Quoi Lucy ? Quoi Lucy ?

Elle vomit encore, le son dégoûtant en est la seule réponse. Tous les regards sont portés sur elle, sans que quelqu'un ne rajoute un seul mot ; cela fige le décor pesant d'un sinistre dessein, teinté d'un redoutable portrait sombre. C'est Jean qui s'approche à son tour de la tente en pas flageolant, puis il s'agenouille en avançant nonchalamment vers l'ouverture. De sa main droite, il écarte lentement le tissu de l'entrée, approche mollement sa tête en dedans. Il regarde à l'intérieur : Roman est allongé sur le dos, inerte. Ses yeux sont grands ouverts, semblant fixer la toile tachée par des giclées rougeâtres. Jean allume sa lampe et constate instantanément que le ventre de son ami est découpé du nombril jusqu'à la poitrine. Les boyaux apparents baignent dans son sang dont l'odeur ferreuse s'engouffre instantanément dans les narines de l'étudiant. Le jeune homme s'extirpe prestement de cette vision infernale en imitant Lucy. Une foudroyante excitation vagale le fait vomir à son tour.

— Qu'est-ce qu'il a Roman ? Mais bon Dieu, qu'est-ce qu'il a ? Crie Nadia.

— Il est mm... Roman est m... mort, répond-il en s'essuyant la bouche.

Ces mots, considérablement antinomiques, percutent les étudiants de désarroi. Nadia, qui est toujours auprès de Lucy au sol, lui demande :

— T'es sûr mon ange ? Il ne respire plus ? Faut que je vérifie !

— C'est horrible.

— Mais quoi horrible ? Quoi ?

— Il a été massacré.

— Je veux vérifier !

— N'entre pas... oh non... tu n'entres pas là-dedans !

— Mon ange, dis-moi !

— Il est mort.

— Mais il est mort de quoi ?

— Il a le ventre ouvert, il est mort.

— Mais, mais, qui a fait ça ? Crie Estelle assise à côté de Marc.

— C'est peut-être un s... s...anglier ? Interroge Marc en pleurant.

— T'as vu des sangliers depuis qu'on est là ? Y en n'a plus des sangliers dans cette forêt, répond Estelle.

— Mais alors, alors c'est qui ? Qui ? Demande Jean en criant son tour.

— Faut partir d'ici tout de suite, ordonne Estelle.

— Noooooon ! Hurle Lucy.

— Mais comment on fait pour... ?

Lucy fixe lourdement son amie, et à travers les larmes qui déforment son visage, elle lui répète fermement :

— Non ! Je ne laisse pas mon cousin seul ici !

— Mais il est mm...mort, lui dit-elle en mettant sa main devant la bouche.

— Je ne laisse pas Roman seul ici !

Lucy est encore assise à terre, le regard dans le vide, les bras ballants ; l'enfer n'a plus de secrets pour elle. Plus qu'un cousin, elle vient de perdre une partie d'elle-même dans des circonstances aussi noires que monstrueuses. La vision de son ventre déchiré a tracé une cicatrice ineffaçable et non moins béante dans sa mémoire traumatique. Son monde vient de changer de dimension. Elle s'adresse de nouveau à ses amis en criant :

— Partez ! allez chercher de l'aide !

— Je reste avec toi, dit Nadia.

— Je reste aussi, rajoute Jean.

— Marc, on va y aller tous les deux, dit Estelle.

— Ok, faut y aller tout... tout d..de suite, mais qui prend le... le smartphone de Franck ?

— De toute façon, il ne doit pas y avoir de réseau, dit Estelle.

— Mais p..ourquoi il l'avait a... avec lui ?

— Marc, c'est pas le moment pour ces questions.

— Mais comment ? T'as r...rien vu t...toi ?

— Tu commences à me faire chier avec ça ! Je te rappelle qu'il a disparu !

— Calmez-vous, mais calmez-vous tous les deux, demande Jean.

— T'as raison, désolée. Bon, on va vous laisser le smartphone et courir vers le monospace, dit Estelle.

— Et après, on...on f...fait q...quoi ? demande Marc.

— Tu vas me conduire dans cette épicerie et on y appellera les secours.

— Ok Estelle.

Sans prendre le temps de s'habiller plus chaudement ; short, tee-shirt, baskets aux pieds, ils courent aussitôt sur le sentier du monospace, dans ce bois sombre dorénavant maudit. Jean confectionne au plus vite des sortes de lances en attachant trois couteaux au bout de trois longs bâtons. Il en donne un à chacune des filles. Les étudiants se positionnent dos à dos au milieu des tentes en espaçant leurs torches autour d'eux. Cette situation a fait naître un stress inédit, inqualifiable dans leur frêle entendement ; ils scrutent les moindres mouvements de branches autour du camp, soupçonnent chaque odeur, accentuent chaque bruit. Cet endroit familier leur redevient tout autant étranger qu'à leur arrivée, tout autant inquiétant qu'une obscure catacombe dans une ville fantôme. Lucy se frotte les paupières, comme pour tenter d'effacer ce qu'elle vient de voir. L'image de son cousin lacéré persiste dans sa vision en la plongeant dans un puits de tourment. Elle fait des mouvements de bas en haut avec son buste, comme si elle couvait une crise de folie. Là, elle murmure des mots incompréhensibles, regarde le ciel, puis le sol, encore le ciel, elle ne peut stopper cette danse macabre. Nadia, quant à elle, paraît plus calme, mais non moins épouvantée. Elle imagine Estelle et Marc courir à une vitesse folle, elle les voit déjà avec les secours ; la valeur du temps se brouille dans son esprit brisé. Elle voudrait que le jour se lève, elle voudrait sentir la chaleur du soleil, elle voudrait ne jamais être venue ici. Quant à Jean, il essaie de retenir ses larmes devant les filles, tentant de les préserver de sa violente émotion. Un quart d'heure passe et soudain, dans les fourrés, des bruits fracassants fendent le silence jusqu'alors sécurisant. C'est juste derrière la tente des cousins. Les jeunes se lèvent aussitôt, pointent leurs armes et leurs lampes vers le raffut : c'est sûr, quelque chose avance vers eux ! Jean crie :

— Je vous préviens, on est armés !

Nadia le prend par la main, elle répète plus fort :

— Vous avez entendu, on est armés !

Des feuilles bougent, des brindilles craquent, ils entendent des pas, des souffles. Ça avance encore. Un lourd nuage vient de masquer la lune, une nuit ténébreuse les enveloppe dans sa robe de mystère, de froideur, de son illustre complicité criminelle.

CHAPITRE VII – LE MANOIR.

Au même moment, Estelle et Marc arrivent près du monospace en courant, complètement essoufflés. Ce dernier, encore harponné par sa maladresse, trébuche sur une racine de pin ; il s'affale lamentablement au sol.

— Aiiiiiiie !

— Marc, ça va ?

— Mon pied, mon pied !

— Montre moi.

Estelle se penche vers lui pour apprécier sa blessure, elle appuie légèrement son doigt sur sa cheville.

— Aiiiiiiie, Estelle !

— T'as une belle entorse, c'est déjà enflé. Allez, s'il te plaît, debout Marc !

La jeune fille se relève en lui tendant la main, mais elle fait aussitôt un grand bond en arrière, éloignant son bras aidant de son ami au sol. Elle recule lentement, à frêles pas, tout en regardant drôlement au-dessus de lui. Son bras se relève lourdement, elle pointe du doigt le haut de la tête du jeune homme ; elle lui dit malaisément :

— M... Ma... Marc...

— Quoi ?

— L... l... là...derr...ière t...t...toi !

Toujours à terre, il se retourne lentement. Le comportement d'Estelle se révèle en une indicible stupeur. Là, tout près de lui, se tient un homme debout, cagoulé, tenant une corde dans une main et un couteau dans l'autre. Instantanément, sans que Marc ne puisse esquisser le moindre geste, l'inconnu plante sa lame au sol et lui prend son poignet droit pour le lier à l'autre. Il le bâillonne aussitôt en appuyant son genou entre ses omoplates, écrasant ses vertèbres dorsales en une force intense. Le malheureux pousse encore un cri de douleur, mais le tissu putride au goût d'une âcreté extrême et sentant le vin frelaté ne lui accorde qu'une seule sonorité :

— Mmmmm, Mmmmm !

Tout en baragouinant sa souffrance, ouvrant les yeux à leur circonférence maximale derrière les verres tachés de ses lunettes, il pointe le dessus de la tête de son amie. Son regard globuleux accompagne des coups de nuque secs, Il répète :

— Mmmmm, Mmmmm !

Estelle se retourne en un bond rapide. À cinquante centimètre d'elle, se tient un deuxième homme ; c'est une espèce de géant de deux mètres cubes. Subitement, il plaque sa main démesurée sur la bouche de la jeune fille et la soulève par la taille. Elle se débat avec ardeur, vaillamment, par instinct de survie, mais l'homme lui lie aussitôt les poignets et les chevilles avec des colliers de serrage. Estelle est bâillonnée à son tour, puis il la dépose sur son épaule comme un vulgaire sac de ciment. Les deux hommes trimbalent illico les jeunes, tels des gibiers que l'on vient d'abattre, jusqu'à un fourgon blanc tout cabossé garé non-loin du monospace carbonisé. Le géant ouvre la portière arrière en un bruit crispant de tôle rouillée, puis y fourre sa cargaison humaine. Marc y est violemment jeté à son tour. « Faut écouter maman, faut écouter maman », dit l'un des deux à l'autre. Les kidnappeurs montent à l'avant et démarrent en trombe en direction du village. Quelques minutes plus tard, près du hameau, le véhicule s'engouffre par un grand portail en fer figé de rouille dans une sinueuse allée en terre enserrée de grands cyprès mal taillés et truffés d'archaïques épouvantails pendus hauts et courts. Ils arrivent, par ce lugubre chemin délabré, devant un vieux manoir. La sinistre bâtisse est corsetée de végétation non élaguée et jonchée de lierres grimpants. Certains volets y ont même été piégés, tant les lianes ont pris le pouvoir sur les mouvements classiques d'une activité humaine quotidienne. La baraque semble inhabitée, abandonnée, mourante. Sur un côté du toit en lauze percuté en plusieurs endroits par les solides branches d'un hêtre, une large bâche grise maintenue par des parpaings semble protéger un trou béant. Au-dessous, un grand porche voûté encercle un perron aux marches bancales, lui-même supportant l'écrasante présence d'une affreuse vieille dame. Cette dernière agite ses bras graisseux en direction du fourgon, pendant qu'enfermés à l'arrière, Estelle et Marc tentent de communiquer :

— Mmmm.....mmmm.

— Mmmmmmmmmm.

Ils avaient imaginé toutes sortes de conflits pouvant révéler les traits cachés de leur personnalité, mais c'est une épouvantable épreuve qu'ils affrontent dans ces bruits de tôle et cette puanteur d'animaux crevés. Le véhicule vient de stopper sa course, pendant que deux émotions de conscience qu'ils ne peuvent départager s'emmêlent ; la crainte et la curiosité. La portière s'ouvre bruyamment et l'un des deux hommes monte. Voilà, ils vont enfin savoir. Il attrape les étudiants par leurs liens, les traîne sauvagement à l'extérieur en criant :

— Foila maman, on les fa eu !

C'est le colosse à la bouche déformée. L'autre homme se présente à son tour devant eux, puis les fixe de près en enlevant sa cagoule. Ce dernier est d'apparence normale, un air presque amène en un regard trahissant une curieuse compassion. L'intervalle symbolique entre son expression empathique et son acte ultra violent accroît brutalement l'anxiété des jeunes. Les deux hommes présentent fièrement leurs trophées humains à leur mère, toujours debout, foulant le perron usé. Estelle et Marc constatent instantanément la criante disgrâce d'une vieille dame toute fripée, édentée, inharmonique. D'épars cheveux blancs sur un crâne tacheté d'eczéma s'affalent sur ses épaules tombantes dans une robe trop courte qui dévoile des jambes colonisées de varices, concluant leur avalage dans des savates trouées. Elle dit d'une voix aigrelette et nasillarde :

— C'est bien mes enfants, c'est bien, enfermez les au deuxième, dans la chambre du fond.

Le colosse dépose derechef les deux amis sur chacune de ses épaules avec une aisance déconcertante.

— C'est bien mon fils, c'est bien, dit-elle en appréciant d'un rire narquois la force herculéenne de son enfant.

— Faut écouter maman, faut écouter maman, lui répond-il étrangement.

À l'intérieur, encore une odeur fétide agresse sur-le-champ les narines des étudiants. Estelle et Marc sont transportés dans un escalier en colimaçon et une pénombre pathologique, soulagée seulement par une faible lueur provenant d'une pièce au rez-de-chaussée. Arrivés au deuxième étage, ils sont enfermés à double tour dans une des chambres au fond d'un couloir poisseux. Saucissonnés, allongés sur un plancher froid et poussiéreux, ils scrutent leur geôle. Il y a un grand lit à barreaux contre un mur, une masse ressemblant à une armoire sur le mur d'en face et de longs rideaux blancs accrochés à une mince tringle devant une fenêtre condamnée. Derrière, les volets cassés laissent s'engouffrer la lueur de la lune, leurs accordant une légère luminosité. Dans ce lourd décor, les amis ne peuvent toujours pas communiquer, mais leur regard devine la crainte de l'autre quant aux possibles sorts qui les attendent. Leurs hôtes de malheur sont maintenant dans le salon, au rez-de-chaussée. La vieille, dans cette maigre lueur provenant d'une télé, sert des verres de liqueur de poire à ses fils assis autour d'une table en bois dévernie. Au-dessus d'eux, un imposant lustre agrippé sur le haut plafond est éteint, en face, la cheminée plaquant sa lourdeur contre le crépi au fond du salon est muette. Cette pièce funèbre semble ne se conforter qu'avec l'obscurité. Au milieu, un grand tapis de style contemporain dénote complètement avec le reste d'un mobilier archaïque, comme cet horrible canapé en skaï capitonné dans lequel le colosse vient de s'asseoir. Il sirote son alcool devant l'écran, pendant que sa mère sort deux assiettes en céramique d'un vaisselier ancien. Soudain, un véhicule se pointe devant le manoir en klaxonnant.

— Restez ici, j'vais leur parler du pays ! Dit-elle spontanément.

Elle se précipite dehors ; c'est un pick-up avec un pare-buffle muni de six gros phares puissants qui vient de se garer près du perron. Un homme en sort, une vive querelle éclate que les jeunes à l'étage entendent sans en comprendre vraiment le sujet. Cela ne dure qu'une minute ou deux. La vieille regagne le salon pendant que le pick-up quitte la propriété. Quelques minutes après, les murs des escaliers résonnent de pas pesants, le parquet du couloir craque, les pas se rapprochent, une clé pénètre dans la serrure, la porte des otages s'ouvre ; quelqu'un entre. C'est le colosse qui vient de s'engouffrer dans leur chambre. Ce gars hideux, que l'épicière craint tellement est là, seul avec eux entre quatre murs épais, dont sa massive présence en rétrécit même la pièce. D'un pas brutal, il se précipite vers Estelle et la soulève par le col de son tee-shirt qui se déchire aussitôt ; elle tombe au sol en se cognant la tête. Il l'attrape par les cheveux cette fois, et approche son horrible tête de la sienne pour la fixer dans les yeux en lui déversant une haleine alcoolisée sur son visage pétrifié. Cela dure quelques secondes muettes, puis il la relâche violemment pour sortir de la chambre. La porte se rouvre instantanément, c'est l'autre homme ; il ressemble comme deux gouttes d'eau à son frère, mais sans les difformités de ce dernier. Il s'approche à son tour d'Estelle, agrippe ses liens avec un crochet et la traîne entre la fenêtre et le lit. Il coupe les colliers de serrage avec une pince, puis menotte son poignet gauche à la structure métallique du sommier. Il lui retire son bâillon en lui disant aussitôt :

— Tu peux crier aussi fort qu'tu veux, personne ne t'entendra.

Estelle demande en sanglotant :

— Mais pourquoi vous faites ça ?

L'homme ne répond pas, il se dirige vers Marc, le détache et le débâillonne aussi pour le menotter de l'autre coté, sur l'un des barreaux du lit.

— Monsieur, enlevez ma basket droite s'il vous plaît.

Il accède immédiatement à sa demande. Pendant ce temps, la vieille entre à son tour avec deux assiettes de soupe chaude. Elle les dépose au sol tout en fixant les jeunes dans les yeux, comme pour apprécier la frayeur qui les happe en l'instant.

— S'il vous plaît, de l'eau, demande Estelle.

L'octogénaire descend dans la cuisine en face du salon, puis remonte avec une bouteille d'eau en plastique recyclé. Elle la tend à Estelle tout en disant à son fils :

— Ils vont êt' bien ici hein ?

— Oui maman, on va bien s'occuper d'eux. Et n'criez pas, j'vous l'redis, personne n'vous entendra !

— Mais pourquoi vous faites ça ? Demande à nouveau Estelle en un autre ton, comme si elle s'adressait à des enfants.

Ils ne répondent pas, puis quittent la pièce pour redescendre au salon. Ils regardent la télé.

— Ça va Estelle ? T'as rien de... de... cassé ?

— Non, je crois pas, mais il est fou l'horrible !

— C'est lui qui... qui m'a aidé à... à... l'étang.

— Oui, j'ai compris quand je l'ai vu. Il doit pas y avoir beaucoup de mecs aussi laids que lui dans les alentours. Mais qu'est-ce qu'ils nous veulent ?

— J'en sais rien.

— T'as vu comme ils sont crasseux ? Ils puent, tout pue ici.

— Je s...sais, c'est insupportable.

— Qui sont ces gens Marc ?

— L'épicière m'a p... parlé d...d'eux... l'autre fois. Ils sont mystérieux et il paraît q... que la police a trouvé d... de drôles de choses ici.

— De drôles de choses ?

— Oui, elle ne m'en a p... pas d...dit plus... mais je sais qu'elle en avait p...peur.

— Qu'est-ce qu'il va nous arriver ? Et Franck, où il est ?

Elle se met à pleurer.

— J'en sais rien, m... mais calme toi, on ne doit p... pas paniquer. Ces barreaux n...ne sont pas trop épais, regarde ce... ce que j'ai.

Il lui présente son couteau suisse avec un air fier et malicieux.

— Je mettrai le... le temps qu'il faudra, mais je d...dois tenter de scier c...ce barreau.

Il ouvre le compartiment scie de son outil, le pose sur le cylindre en fer et engage les premiers va-et-vient.

— Marc, tu crois que c'est eux qui ont tué Roman ?

— C'est p...possible Estelle, c'est p... possible...

Quelques instants plus tard, les prisonniers n'entendent plus que le bruit de la lame sur le fer accompagnant les craquements de l'imposant meuble en bois. Ils n'ont pas touché aux assiettes ; leur estomac est noué, leur obsession est de quitter ce lieu au plus vite pour sortir de cet enfer. Estelle fixe l'interrupteur rond près de la porte ; elle voudrait l'actionner pour sortir de ce ténébreux climat, vaincre l'obscurité pesante de la chambre. Son poignet la fait souffrir, son bras s'engourdit, la jeune fille s'allonge sur le lit malgré l'odeur de moisissure qu'il dégage. Curieusement, elle s'endort. Marc continue à scier le barreau, la fatigue se fait sentir. Il s'évertue péniblement d'occulter son état, mais stoppe toutefois son geste pour respirer un bon coup tout en regardant autour de lui. Il imagine en un flash de lucidité que ce décor sordide et nauséabond pourrait être sa dernière vision du monde ! L'étudiant reprend au plus vite, mais en un geste trop précipité et fort brusque, il fait tomber son couteau au sol. Instantanément, quelqu'un monte à l'étage.

CHAPITRE VIII - LE PICK-UP.

— On vous dit qu'on est armés ! Répète Jean.

La voix de l'étudiant est grêle, fragile ; elle n'impressionnerait même pas un gamin turbulent. Les bruits ne cessent, approchent encore, c'est de plus en plus oppressant. Les jeunes doivent absolument réagir ; alimenter leur courage anémié pour créer une fulgurante témérité face à cette situation indicible.

— Ça vient de là, ça vient de là ! Hurle Lucy en montrant un bosquet.

Nadia, avec tout son courage, ramasse une grosse pierre et la balance dans cette direction, les autres en font autant. Jean envoie même sa lance. Tout à coup, ils entendent clairement un gémissement. C'est sûr, ils ont touché quelqu'un ! Les étudiants redoublent d'ardeur pour bazarder tout ce qu'ils trouvent à cet endroit précis, s'acharnant sur cette menace invisible. Soudain, pendant le bruit des impacts sur les branchages, un énorme coup de feu retentit. La déflagration raisonnant encore, quelque chose heurte violemment le dos de Jean. Il se retourne illico et aperçoit étonnement Lucy, à terre, assise sur les genoux, fixant son épaule gauche avec une insistance rigide ; figée, statufiée. Son bras n'est plus là, il a été arraché. C'est ce membre amputé qui a frappé Jean. Des lambeaux de peaux pendent sur l'épaule de Lucy, d'où gicle un sang rouge vif en un bruit de tuyau d'arrosage obstrué, pendant que le bras convulse seul au sol. Instantanément, un autre coup part, la balle atteint cette fois le crâne de la jeune fille et lui arrache la moitié de la tête. Des morceaux de cervelle chaude s'écrasent sur Jean pendant que le corps mutilé de Lucy s'écroule à terre. Anéantie. Nadia prend aussitôt son compagnon par le bras pour l'emmener derrière l'imposant tilleul. Elle hurle en pleurant :

— Arrêteeeeeeez, mais arrêteeeeeez nom de Dieu !

Jean a plaqué son dos contre l'arbre, il en épouse sa forme comme s'il voulait disparaître derrière ses écorces, devenir écorce lui-même. Nadia lui enlève âprement les bouts de chairs qu'il a sur son visage, elle lui chuchote avec dégoût :

— Oh, j'ai du mal à imaginer ce que je fais ! C'est... c'est... des morceaux de Lucy !

Elle s'accroupit et vomit aux pieds de son compagnon, il lui dit tout en la relevant :

— On va courir sur le sentier de l'étang, on retrouvera le chemin pour se sauver, faut y aller tout de suite !

— Faut qu'on se sauve, je t'aime.

— Je t'aime, à trois on y va : Un, d...

Un troisième coup de feu interrompt le départ, la balle atteint le tronc du tilleul bouclier, propulsant ses écorces à plus de cinq mètres à la ronde. Un quatrième projectile siffle aux oreilles des jeunes jusqu'à ce que le son aigu soit stoppé par un pin. Subitement, ils abandonnent le décompte pour s'engouffrer dans les fourrés en courant. Trois hommes vêtus de treillis et cagoulés sortent alors des bosquets. Deux d'entre eux ont un fusil de chasse et l'autre un poignard d'une taille aussi démesurée que leur acte ; ils s'approchent des tentes. Le plus grand tâtonne du pied le corps de Lucy.

— Elle, c'est fait ! Putain, les p'tits cons, ils m'ont cassé une dent, dit-il sauvagement en soulevant sa cagoule pour montrer sa bouche aux autres.

— Faut se bouger, ils sont pas loin, ordonne l'un des trois.

Après avoir rapidement fouillé les tentes, ils se lancent à la poursuite des étudiants avec leurs armes et des lampes torches puissantes. Dix minutes plus tard, Nadia et Jean courent encore dans les bois, complètement perdus. Les haies d'arbustes, les branches, les souches et autres buissons constituant des obstacles à leur fuite ont été traversés sans ménagement. Nadia trébuche, son ami la relève, il tombe à son tour, ils vont à gauche, à droite, encore à gauche, tout droit, rebroussent chemin devant une paroi rocheuse : ils poursuivent leur cavale au hasard. Là, ils rencontrent une autre paroi, longent le conglomérat de calcaire, le franchissent à sa hauteur la plus basse et continuent à courir. L'adrénaline décuple leur force, elle anesthésie même les plaies et autres écorchures qui se multiplient sur leur corps. Enfin, ils arrivent sur une piste. Jean dit, en posant ses mains sur les genoux :

— C'est le sentier de tout à l'heure, un côté doit rejoindre la route, mais lequel ?

— Ça doit être à droite.

— T'es sûre ?

— Presque sûre, fais-moi confiance.

À ce moment, des craquements de branches agressent leur ouïe, c'est tout près. Les traqueurs ne sont pas loin, ils semblent avoir facilement repéré leurs proies ! Le couple détale aussitôt sur le sentier entre les platanes défilant près d'eux, seuls témoins de leur fuite. Pas longtemps. Les trois hommes viennent d'arriver sur ce même sentier. L'un d'entre eux pose rapidement son fusil sur l'épaule, vise devant lui et presse la détente. La balle, au vacarme morbide, frôle la tête de Jean, puis percute un arbre juste avant le premier virage du chemin. Les jeunes s'engagent sur cette courbe, hors de portée des traqueurs. Nadia perçoit alors une vive lumière au loin, perçant la végétation.

— C'est une voiture sur la route ! Crie-t-elle, toute essoufflée.

— On va y arriver, on va y arriver, il faut la stopper, il faut la stopper, répète Jean.

Ils s'engagent sur une deuxième courbe, continuent leur cavale escarpée. Traversant un énorme buisson, ils arrivent enfin sur l'asphalte de la départementale. Un éblouissant flash les aveugle instantanément. Le couple se poste devant le véhicule en hurlant, agitant les bras de tout leur espoir. Voilà, ils vont être secourus, la cavale va se terminer là. Cela faisait longtemps qu'ils n'avaient pas senti un tel soulagement, une aide précieuse va surgir d'un filon providentiel. La jeune métisse, mains levées, crie toute son espérance :

— Hey ! Arrêtez-vous, arrêtez-vous !

Mais la voiture ne semble pas ralentir. Le paroxysme de leur panique a tellement étiolé leurs sens, qu'ils n'apprécient guère la distance entre l'engin et eux.

— Hey ! Hey ! Stoppez, stoppez ! Répète-t-elle.

Pire, le véhicule semble accélérer brutalement, et sans avoir le temps d'un quelconque réflexe, complètement éblouis par les phares puissants, ils sont percutés de plein fouet. Nadia est violemment projetée contre un arbre, transpercée au niveau du bassin par une branche rigide, acérée, meurtrière. Jean, quant à lui, est propulsé à plusieurs mètres derrière un jeune houx sur un côté de la route. Le conducteur immobilise son imposant véhicule en dérapant, sort du tout-terrain et se dirige en courant vers la jeune fille. Nadia agonise, enduite sur le tronc. Elle tient la branche morte de ses mains ensanglantées en regardant droit devant elle. Elle tente de crier, mais ce ne sont que des bulles rougeâtres qui sortent de sa bouche. Sa douleur inqualifiable rend son souffle court, sa vue se trouble. La jeune métisse voit à grand-peine une silhouette s'approchant de son corps harponné, puis sans avoir réellement compris ce qu'il vient de lui arriver, elle perd connaissance. L'homme s'immobilise à deux mètres d'elle ; il cherche, tremblant, un objet dans sa veste et en sort un pistolet automatique. Il le charge, puis lui tire une balle dans la tête. Il prend un long morceau de bois au sol et tâtonne de loin le corps sans vie de la jeune fille. À ce moment, les traqueurs arrivent en courant, l'un d'entre eux dit au conducteur :

— Bien joué, tu l'as eu, c'est fini pour elle. Et l'aut', il est où ?

— J'sais pas, pt'être dans les buissons derrière. Il doit être bien amoché, j'les ai renversé tous les deux.

Celui qui a le grand couteau dit :

— N'vous inquiétez pas, j'vais le r'trouver. T'as vu d'quel côté il est passé ?

— Oui, à gauche là.

Le traqueur s'engouffre dans les buissons avec sa puissante torche dans une main et son poignard dans l'autre, il cherche l'étudiant. Jean n'est pas loin, incrusté dans un épais bosquet, ses dreadlocks saisies entre les branchages ; prisonnier. Il souffre terriblement, il a une fracture ouverte à la jambe droite. Le malheureux vient d'entendre le coup de feu et la conversation qui s'en est suivi. Les mots : « *c'est fini pour elle* » lui ont révélé l'épouvantable sort de sa compagne. Il vient de perdre sa moitié, son amour, son cœur. Il ne l'entendra plus jamais rire, ne sentira plus l'odeur de sa peau, ne touchera plus ses joues, ses lèvres, ses seins. C'est fini. Le mince fil entre l'instinct de survie et la résignation se rompt. Il craque complètement :

— Enculééééés, enculééééés, enculééééés !

Ces cris véhiculent la fureur du jeune homme dans toute la forêt, les ondes de rage rebondissent sur chaque arbre, chaque feuille, chaque buisson, chaque rocher. Elles pénètrent dans les oreilles de chaque chevreuil, chaque lièvre, chaque oiseau pour se perdre au loin et disparaître dans le néant. Jean répète incessamment cette insulte jusqu'à s'égosiller, jusqu'à ce que ses

118

cordes vocales ne vibrent plus. Ses lèvres bougent toujours, sa bouche aussi, mais plus aucun son n'en sort. Il est à terre et ne voit plus rien, car il a fermé les yeux, il n'entend plus rien, car il a posé les mains sur ses oreilles, il ne perçoit plus rien, car il est entré dans une transe qui le détache de son existence. Il ne sent plus son corps, il ne sent plus la douleur de sa jambe cassée, ni celle de la lame froide qui lui tranche la gorge.

— C'est réglé pour lui aussi ! Crie l'assassin, en nettoyant le couteau ensanglanté sur son pantalon.

Il rejoint les autres. Les quatre hommes montent dans le pick-up et quittent la forêt en laissant autant de cadavres derrière eux. Le conducteur dit :

— J'ai parlé à la vieille tout à l'heure, elle fait chier maint'nant.

— Oui, on ira voir cette famille de dingues demain, répond l'un des quatre.

— Nous on a fait du bon boulot les gars, tu l'as fouillé, lui ?

— Oui, r'gardez, un smartphone.

— Laissez-moi m'en occuper, dit l'un d'entre eux.

Cette forêt, que les jeunes avaient apprivoisée avec succès, est devenue le lieu de leur dernier souffle. Chaque être humain imagine au moins une fois dans sa vie le lieu de sa mort : serait-ce dans son lit ? Sur une route ? Dans un hospice ? Cette fois-ci, pour les étudiants, c'est dans une forêt paisible que leurs yeux se sont fermés à jamais. Improbable. Chaque être vivant craint son ennemi, il colle dans son mécanisme de défense une étiquette avec des lettres de sang « *Attention : danger* ». Cela est certes moins instinctif pour les êtres humains que pour le règne animal ou végétal. Quelles chances ont eu ces jeunes pour se protéger, préserver leur vie face à des barbares ? Celui qui a tiré sur Lucy est le chasseur, le mauvais mari. Cette "sale tête" surnommée par Estelle est mauvais jusqu'au bout de ses ongles sales. Il ne connaît ni pitié, ni complaisance ; un éclopé de la bonté qui erre parmi nous comme erre une fourmi sans antennes, sans but. On pourrait se demander ce qu'il fait dans la vie, chasseur, menuisier, ouvrier ou paysan ? La vraie question serait peut-être de se demander ce que la vie fait en lui ? Pour les gens de la sorte, il faudrait inventer une méthode infaillible qui les pousserait à réfléchir, ne serait-ce qu'une minute par jour, sur les méfaits dévastateurs de leurs actes. Leur injecter un sérum d'anti-cruauté dans ce qui leur resterait de conscience. Une dernière pièce dans leur esprit dérangé qui accepterait la perception de la bienveillance et se propagerait dans leur intellect afin de les guérir.

Mais pour lui, même des remèdes utopiques ne pourraient se procurer la clé de cette porte, car il semble qu'elle ait été fondue dans le feu des damnés. L'éventualité d'une prise de conscience ou d'une once de vertu n'a que rarement été aussi faible chez quelqu'un. Et que dire des trois autres qui l'ont accompagné dans cette nuit macabre ? Certainement asservis.

CHAPITRE IX - LA CHAMBRE.

Marc remet rapidement le couteau dans la poche de son short, il pose aussitôt sa main devant l'endroit du barreau déjà bien entaillé. La porte s'ouvre, c'est bouche déformée.

— F'était quoi fe bruit ?

— Q...quel bruit ? Demande Marc.

— F'était quoi fe bruit ? Répète-t-il, plus insistant.

— Non, j...je vous j...jure qu'il n'y a p...pas eu de bruit M...Monsieur...

— Tu mens, ve fuis fûr que tu mens, t'en bégaye.

— Non, j...je parle c...comme ça, je suis bègue Monsieur.

— T'es bègue ?

— Oui Monsieur j...je vous jure.

— Tu mens, f'était quoi fe bruit ?

— Il vous dit la vérité, l'aide Estelle qui vient de se réveiller.

L'homme s'approche de Marc, il s'accroupit devant lui et en un geste brutal, enserre le cou de l'étudiant avec son énorme main poisseuse.

— Il fe paffe quoi ifi ? Demande-t-il encore plus agacé.
Il serre encore plus fort. Marc est pétrifié, l'oxygène
commence déjà à lui manquer.

— Monsieur ! Vous l'avez aidé à l'étang, vous vous
rappelez ? C'est lui que vous avez aidé, pourquoi vous
faites ça maintenant ?

— Faut écouter maman, faut écouter maman, lui répond-il en bloquant son effrayant regard sur elle.

— Il fe paffe quoi ifi ? Répète-t-il en serrant encore le
cou de l'étudiant.

Marc n'en peut plus, il manque trop d'air, il va capi-
tuler. Il regarde sa main encore protectrice de son secret, puis la laisse glisser lentement vers le bas ; il doit
respirer, il doit sauver sa vie. Estelle l'interpelle encore
en criant :

— Monsieur, s'il vous plaît, lâchez-le, vous lui faîtes
mal, vous voyez pas qu'il n'arrive plus à respirer !

Soudain, le colosse lâche le cou de Marc et se remet
debout. Maintenant, il fait quelques pas vers le lit en
la reluquant de haut en bas avec persévérance. Estelle
replie aussitôt ses longues jambes dénudées pendant
que l'homme pose lentement un genou sur le matelas.
Il se penche doucement vers sa prisonnière, sort une
lampe de sa poche et pointe la lumière sur le visage
d'Estelle. Il la fixe dans les yeux, se penche encore
plus près, il prend son temps. L'haleine propulsée de

son horrible bouche fendue accoste dans les narines de la jeune fille ; elle en tousse de répulsion, se protège illico en appliquant sa main sur le nez.

— Arrêtez Monsieur, arrêtez, mais qu'est-ce que vous voulez ? Qu'est-ce que vous allez nous faire ?

Brusquement, il lui retire ses menottes, l'attrape par les cheveux. Le kidnappeur la fait violemment tomber du lit et la traîne sauvagement vers la porte. Estelle se débat tant bien que mal. Elle se libère, mais tombe sur le parquet, laissant une mèche blonde dans la main de son agresseur. Celui-ci jette la touffe vers Marc, qui ordonne :

— Lâchez-la, m...mais lâchez-la !

— Ta gueule toi.

— S'il v...vous plaît, l...lâchez-la ! Répète-t-il apitoyé.

Le colosse lui assène un coup de pied à l'épaule, Marc bascule au sol, le barreau à moitié découpé est dévoilé. Mais l'homme s'est déjà retourné pour relever Estelle, il ne découvre pas les prémices de leur tentative d'évasion. Le jeune homme remet au plus vite sa main sur le tube. L'étudiante, encore charriée par son kidnappeur a décontracté ses muscles ; si elle continue de résister, elle va avoir très mal, trop costaud le gaillard. Ce dernier sort de la chambre avec sa prisonnière, lorsqu'ils arrivent devant l'escalier, il la pousse et elle dégringole brutalement plusieurs marches. Il la rejoint, l'attrape encore par les cheveux, puis continue de la traîner. Estelle agrippe les bras de son bourreau pour soulager son cuir chevelu, en vain ; chaque marche est une souffrance de plus, elle se cogne les genoux, les coudes, les chevilles. Elle arrive à l'étage du dessous sans fracture avec beaucoup de chance. Bouche déformée la relève, se positionne derrière elle, la tient par la nuque avec son bras tendu et la pousse dans un couloir sombre. Sur leur droite, autour de morceaux de papier peint décollés, se découpent deux portes, identiques à celles de l'étage du dessus. Au fond, une grande porte en fer à moitié rouillée charge d'une lourdeur maladive ce couloir étroit. Une petite lucarne à hauteur d'yeux pourvue d'épais barreaux la rend encore plus suspecte. Le colosse la conduit droit sur elle. C'est alors qu'entre deux pas forcés, un grognement sec brise le silence, puis de petits cris stridents, une respiration écorchée, des gémissements, puis d'autres grognements raisonnent encore. Ces sons, se situant entre des cris d'animaux et des geignements humains, semblent provenir de cette pièce. Estelle se met sur la pointe des pieds, replie ses genoux ; elle essaie de contrarier la poussée que lui inflige son bourreau, mais l'homme ne perçoit même pas cette dernière résistance. Ils avancent. Voilà, ils sont devant la porte. Les grognements ne cessent, c'est d'un phonique ultra irritant, le colosse lui dit sèchement à l'oreille :

— Foilà fe qui t'attend ma belle, f'est là-dedans, tu feux foir ?

— Non, non ! Lâchez moi.

Il prend la tête d'Estelle par l'arrière du crâne et la pousse vers la lucarne, elle tente de résister encore. Au moment où son front va se cogner sur les petits barreaux épais, la vieille arrive à l'étage. Elle crie tout de suite à son fils :

— Laiss'la tranquille ! Remont'la dans la chambre !

— Oui maman.

Et il raccompagne Estelle avant qu'elle n'ait pu découvrir ce qui l'attendait, cette chose insaisissable aux fracas sonores derrière cette porte blindée. Il la menotte à nouveau en lui répétant :

— Faut écouter maman, faut écouter maman.

Puis il quitte la chambre.

— Ça va ? Qu'est-ce qu'il t'a fait ? Demande Marc.

— Il m'a traîné devant une porte en fer au fond du couloir du premier étage, j'ai entendu des grognements dans cette pièce, c'était pas humain Marc, c'était pas humain !

— Mais c'était q...q...quoi ? Un... un animal ?

— J'en sais rien, mais il m'a dit que c'est ce qu'il m'attendait. Ils vont peut-être me jeter dedans avec cette

126

chose ?

— « *Il y avait de drôles de choses* » tu... tu vois, c'est ce...ce que m'a dit l'épicière, dit-il en se remettant aussitôt à scier le barreau.

— Putain, c'est pas vrai. T'as vu le vieux film américain : " *Massacre à la tronçonneuse* " ?

— Non, c...connais p...pas, répond-il essoufflé.

— Ce film était issu d'une histoire vraie, c'était des jeunes qui ont été atrocement assassinés par une famille de fous, j'ai l'impression de vivre cette histoire, oh la la, putain, c'est pas vrai, c'est pas vrai, dit-elle en plaquant les mains sur ses joues rougies.

— On v...va s'en s...sortir, on v... va s'échapper d'ici, dit Marc en accélérant son geste.

Au même moment, au village :

— Sally, t'as l'numéro du nouveau ? Demande le chasseur à sa femme.

— Pourquoi ? Il est tard ?

— Depuis quand tu m'donnes ton avis toi ?

— Pardon, euh... oui, j'l'ai noté sur c'papier là.

— Donne !

Il l'appelle :

- *Allo ?*

- *Allo, je suis l'mari d'Sally*

- Oui ? Il y a un problème ?

- T'étais informaticien toi ?

- Heu... oui, mais pourquoi vous me posez cette question ? Vous avez vu l'heure qu'il est ?

- J'ai b'soin d'toi Maint'nant !

- Vous avez un problème informatique en pleine nuit ?

- J'te dis que j'ai b'soin d'toi, je... j'ai... un smartphone qu'il faut que j'débloque.

- Un smartphone ?

- Viens d'suite chez moi.

- Mais, Monsieur, je ne vous permets pas d...

- Ecout' moi bien, viens d'suite ou j'viens t'chercher par la peau des fesses !

- Mais... quoi ? Ne vous énervez pas Monsieur, laissez moi le temps de m'habiller et j'arrive.

Dans la chambre, il ne reste plus que quelques millimètres pour que le barreau soit fendu en deux. C'est alors qu'une lumière accompagnée d'un petit bruit de moteur électrique apparaît derrière le volet cassé.

— Regarde Marc, c'est un drone de la police, on est sauvé, on est sauvé ! Crie Estelle.

Les jeunes hurlent et font des mouvements pour se faire repérer, l'appareil s'approche des volets, ils continuent leurs appels au secours. Un laser actionné par le drone s'infiltre dans la chambre.

— On est là ! On est là ! Répète Estelle en agitant sa main libre.

Mais le petit engin volant, ne semblant pas localiser les prisonniers, s'éloigne en un clin d'œil. Cette lueur d'espoir a disparu aussi vite que les phares du petit avion. Ils n'ont même pas le temps d'être dépités, que la vieille entre aussitôt dans la chambre ; elle leur dit entre ses trois dents :

— Mais qu'est-c'qu'il vous prend ? On vous a dit qu'ça n'servait à rien d'crier comme ça !

— Non... euh... c'est qu'on v...oudrait encore de l'eau, demande Marc.

— De l'eau ? Non, c'est assez pour cet' nuit, vous allez vous pisser d'ssus. Et n'criez plus, mes p'tits dorment, laissez les s'reposer un peu.

Et elle s'en va.

— Elle n'a pas fermé la porte à clé, elle a oublié, elle a oublié ! S'exclame Marc.

Il s'empresse de finir la découpe... Voilà, c'est fait. Aussitôt, il empoigne le barreau, s'acharne sur l'acier et réussit à le séparer en deux. L'étudiant passe la menotte entre les deux tubes : libre.

— Estelle, je vais descendre au... au rez-de-chaussée pour récupérer l... les clés de tes menottes. J'ai... j'ai vu un aimant à t...trousseaux à l'entrée, elle doivent y être, dit-il avec un éminent espoir.

— Tu vas réussir à marcher ?

— T'inquiète Estelle, je vais m... me débrouiller, même s'il faut que j'y aille en r... rampant.

Marc enlève sa deuxième basket, puis se met difficilement debout. Il se pointe en boitillant devant la porte, l'ouvre lentement : gonds oxydés, bois gonflé ; plus lentement. Voilà, il est dans le couloir, il avance au mieux. Sa cheville le fait souffrir, il pose son épaule gauche contre le mur et y déloge un cadre qu'il n'a même pas vu. Le tableau glisse le long de la tapisserie, mais juste avant qu'il n'atteigne le sol, Marc le rattrape in extremis. Il le raccroche aussitôt. L'étudiant vient de récupérer de justesse sa première gaffe. Encore plus prudemment, avec une vélocité qu'il tente d'acquérir à chaque seconde, il se rapproche de l'escalier. L'évadé entame les premières marches avec autant d'agilité qu'un chat, il doit jeter sa maladresse aux oubliettes et se concentrer. Il agrippe la rampe droite avec ses mains en bloquant les menottes entre son pouce et son index, puis se soulève à chaque marche en n'y posant que son pied valide. Marc arrive difficilement au premier étage sans bruit, il souffle un peu. Ce n'est que cinq minutes après qu'il atteint enfin le rez-de-chaussée. Sur sa gauche, il y a le salon, encore assorti de cette pâle lueur. À droite, se trouve la cuisine carrelée de damiers noirs et blancs. En face, le large hall en voûte orné de miroirs, de vieux meubles à chaussures et de toiles d'araignées introduit l'imposante porte d'entrée. Il s'y engage. En s'approchant, il aperçoit clairement l'aimant à trousseaux accroché au mur à un mètre cinquante du sol. Marc y distingue une petite clé placardée de tout son laiton. L'étudiant s'en saisit avec habilité, puis rebrousse chemin, au moment où il pose un pied sur l'escalier, il entend un ronflement dans le salon. Marc s'empresse de remonter ; une marche... puis deux... la troisième étant à peine foulée, il entend quelqu'un bâiller. Le fuyard gravit difficilement encore trois marches et s'engouffre enfin dans l'obscurité. Un bruit de gorge l'interpelle, il stoppe, regarde derrière lui ; le colosse est là, aux pieds de l'escalier ! Il saisit la rampe et commence à monter. Médusé, l'étudiant ne tente même pas de fuir ; sa condition ne lui permettra pas de s'en sortir cette fois. Il est fait. Alors, comme pour abdiquer, il s'assied en attendant son sort. Au moment où ses fesses atteignent la marche fatidique, le kidnappeur fait subitement demi-tour pour se rendre dans la cuisine. Sauvé ! Marc en profite vaillamment pour disparaître derrière la première courbe du colimaçon. Arrivé au premier étage, il s'arrête quand même quelques secondes pour souffler.

D'un coup, les drôles de geignements que lui a décrit son amie résonnent de toutes leurs disgrâces dans ce couloir ténébreux. Il se remet illico à monter. Au deuxième étage, Marc scrute rapidement le tableau qu'il avait délogé : c'est la photo d'un homme se tenant devant le manoir, qui rit à pleines dents, en tenant deux jeunes garçons par les cheveux. Les gamins sont en slip, les pieds dans la neige et semblent carrément souffrir. Cette image, aussi écœurante que misérable, conforte la théorie d'Estelle : ils sont bien chez des fous !

Les mœurs de cette famille ont toujours été mises en doute par les habitants du village. Ils s'étaient installés au manoir au gré d'un certain héritage familial. Le père, qui est mort il y a quatre ans d'une glissade dans un puits, était militaire. On disait que l'une des guerres à laquelle il avait participé avait atteint son patrimoine génétique et qu'il aurait transmis des maladies rares à ses enfants ; ce qui valut la malformation de l'un des frères. Chaque dimanche, la famille se rendait assidûment au village pour assister à la messe de onze heures, l'église étant le seul endroit qu'ils fréquentaient. En sortant de l'édifice, le père laissait toujours sa famille sur les marches, puis il se rendait seul devant le monument aux morts pour toucher du doigt la gravure d'un nom sur le marbre.

Cette sorte de rituel suscitait une curiosité croissante chez les villageois. C'est à ce moment qu'a commencé les plus folles spéculations quant à savoir la raison pour laquelle il s'évertuait à rendre cette sorte d'hommage. Et ce qui revenait le plus souvent, la théorie qui avait été entérinée dans les tréfonds de leur esprit médisant, était qu'il avait pris l'identité de cet homme, mort à la guerre, dont il ne restait de lui quelques rainures dans un marbre de mauvaise qualité. On disait même qu'il s'était fait refaire le visage pour se substituer aux doutes qu'engendrerait une telle supercherie, en s'emparant ainsi du bien immobilier. À chaque fois qu'il posait son doigt sur l'inscription, deux ou trois personnes l'épiaient pour deviner l'endroit exact de la gravure, parmi une liste de cinquante-trois défunts. Mais l'ancien militaire, qui plaçait son imposante carrure devant la plaque de marbre de deux mètres de hauteur et d'un mètre de large, contrecarrait à chaque fois leurs investigations. De ce fait, les hypothèses restaient en l'état. Ce n'est qu'après la mort de son mari, que la mère de famille a voulu nouer des liens plus étroits avec les habitants du village. La chasse étant la principale ressource d'apport en protéine dans cet endroit isolé, il fallait bien qu'elle intègre ses fils dans une équipe parmi les chasseurs. Cela fut concluant, mais la conséquence de l'incident avec les sectaires et les nouvelles rumeurs de ce que la police avait trouvé au manoir isola de nouveau cette famille. D'autres appréhensions à leur égard étaient nées...

Marc rentre enfin dans la chambre. Il insère la petite clé dans la serrure des menottes d'Estelle. Gagné, c'est la bonne. Le cliquetis fructueux apaise la douleur de la jeune fille ; elle lui déclare sa reconnaissance d'un clin d'œil complice. Il enlève aussi les siennes et jette les morceaux d'acier sur le lit crasseux. Il dit à son amie :

— Bon, il y a l... le hideux dans le salon, il s'est réveillé m...mais il ne m'a pas vu. Il est allé d... dans la cuisine et il a dû se... se recoucher. Les autres, je n... ne sais pas trop où ils sont. À mon avis ils d... dorment au premier étage... Si on fait p... pas de bruit, on... on pourra s'enfuir.

— Marc, et si on regardait dans les chambres de cet étage pour voir si Franck y est aussi ?

— Tu sais, j... je pense qu'ils n...nous auraient enfermé avec lui, s'il était là, t... tu crois pas ? On l'aurait entendu crier n... non ?

— C'est pas sûr, et s'il a encore son bâillon ? Et s'il est évanoui ? Allez Marc, implore Estelle en collant les paumes de ses mains.

— Bon, ok, on v...va essayer.

Ils sortent lentement, prudemment, sans faire aucun bruit et se rendent devant la première porte sur leur gauche. À tâtons, Estelle saisit la petite poignée ronde et pénètre dans la chambre voisine, emplie d'espoir. C'est une chambre d'enfant, elle est garnie de vieilles poupées en tout genre et aux regards tous dirigés vers un lit gigogne placé en plein milieu de la pièce. Estelle s'approche du petit lit, elle jette un œil à l'intérieur ; rien ne s'y trouve.

— Putain, c'est flippant ce truc ! Chuchote-t-elle à son ami.

— Franck n'est pas là !

Mais son espoir en reprend de plus belle, elle ouvre précipitamment une penderie contre le mur du fond, une masse bascule sur elle, puis sur le sol. C'est un gros ours en peluche qui vient de s'abattre sur son espoir déchu.

— Tu vas réveiller tout le monde Estelle ! Lui invective Marc.

C'est alors que sa mémoire olfactive, qui est la plus puissante de tous nos sens, l'éclaire dans cette obscurité sépulcrale. Elle se tourne vers lui et dit en chuchotant, index pointé au bout de son nez :

— Je sens son parfum, Franck était ici, j'en suis sûre, j'en suis sûre. Regarde, la fenêtre est ouverte.

Elle s'y dirige, écarte les rideaux, se penche au-dehors

et aperçoit des lierres qui sont un peu décollés du mur. Elle chuchote encore :

— Il était là et il s'est échappé par la fenêtre, c'est évident Marc, c'est un malin, c'est un malin.

— Si c'est le cas, c'est p... peut-être lui qui...qui a prévenu l... la police ?

— Mais le drone les aurait neutralisés non ?

— C'est vrai, c'est b...bête m... mais qu'est-ce qu'il foutait là ce... ce drone ?

— J'en sais rien, mais je suis sûre que Franck est sain et sauf.

Elle regarde encore les plantes grimpantes et dit :

— Je sais pas si on pourra descendre par là comme lui, j'ai pas confiance en ces lierres, on va essayer de sortir par la porte d'entrée.

— Allez, allez, on y va, dit Marc en agitant son bras.

Ils sortent de la chambre, marchent lentement vers l'escalier sur le parquet moisi. L'odeur nécrotique qu'il dégage imprègne toute la maison. Estelle soutient son ami ; prudemment, ils commencent à descendre dans le colimaçon. Les jeunes s'affairent à prendre un rythme métronomique en s'engageant sur chaque marche à pas de velours. Arrivés à l'étage du dessous, ils stoppent un instant. Étrangement, Estelle regarde plusieurs fois la porte en fer au fond du couloir. Elle ne peut vaincre la répétition de ce mouvement de tête. Malheureusement, la sournoise flèche d'un désir malsain vient de transpercer son esprit ; dans un paroxysme de curiosité foudroyant, elle dit spontanément à Marc :

— Faut que je vois ce que c'est !

— N...non Estelle, n... non, qu'est-ce q...

Mais elle l'a déjà lâché ! Estelle s'approche de la pièce à tâtons ; c'est calme, les grognements ont cessé. Elle se tourne vers son ami tout en appliquant sa main devant la bouche. Ce geste éloquent trahit la perception de son acte irresponsable, mais un désir indicible la stimule violemment. Maintenant, elle est devant la porte : avec précaution, lentement, elle pose son front entre les petits barreaux. La jeune fille scrute la pièce : c'est sombre, elle n'y distingue vaguement qu'un lit. La curieuse se tourne encore vers Marc pour lui faire un signe infructueux de la main.

— Alors, reviens maintenant, chuchote-t-il.

— Ok, j'arrive.

Mais avant de le rejoindre, elle regarde encore une fois à travers les barreaux...

Au village :

— Oui, je vois, reconnaissance faciale. C'est un jeu d'enfant, dit l'informaticien.

— Alors, fais vite !

— Ça va bien ? Du calme s'il vous plaît !

— Toi, tu vas très vite appendre qui commande ici !

— Commander ? Mais je croyais que les C.M. abolis-
saient les hiérarchies ?

— Quoi ? Aboissait ?

— Non, a-bo-li-ssaient, mais... vous êtes bien des
Contres-Modernistes ?

— Ha ha ha, s'esclaffe le chasseur, les C.M. ! T'en as
vu où des C.M. ici ?

— Mais... je pensais que...

— Vous les jeunes, vous croyez tout c'qu'on vous raconte.

L'informaticien ravale aussitôt sa salive. Lui, qui pen-
sait vivre une expérience basée sur de nouvelles va-
leurs, vient de déchanter violemment. Il poursuit toutefois la manipulation du smartphone.

— Voila, c'est fait, dit-il au chasseur.

— C'est bien mon grand, c'est bien, maint'nant tu
peux rentrer chez toi. Et j'espère q't'as compris qui
commande ici !

— Commander ? Pfff !

— Tu la vois celle-là ? Lui demande le chasseur en
montrant la paume de sa main droite.

— Heu... oui... au revoir, répond-il apeuré.

Il rentre chez lui en courant, pendant que le chasseur active la lecture SMS vocale :

Message#1
« BIP... *Franck, pourquoi tu ne réponds pas ? Vous êtes en danger, vous êtes en danger mon fils.* BIP »

Message#2
« BIP... *Franck, ta mère et moi... très inquiets.* BIP »

Message#3
« BIP... *Rappelle-nous dès que possible.* BIP »

CHAPITRE X - ESTELLE.

Au manoir, la vieille est assise sur le canapé du salon auprès d'un de ses fils qui dort. Elle se lève, allume une bougie pour se rendre dans la cuisine, puis revient s'asseoir en regardant plusieurs fois en direction de la fenêtre, comme si elle attendait quelqu'un. L'octogénaire souffle sur la flamme éphémère et rallume la télé. Elle pose instantanément la paume de sa main sèche sur son front ridé, tout en regardant l'écran, puis la photo de son mari dans un cadre en bois au-dessus, puis l'écran à nouveau ; comme si elle conversait avec lui à propos du programme TV. Tout à coup, un énorme bruit retentit à l'étage, tel un meuble s'étant placardé au sol. C'est Estelle ; elle vient de se jeter fesses à terre en un sursaut spontané d'effarement. Allongée au sol, elle s'éloigne de la porte blindée à l'aide de ses talons et de ses mains plaquées sur le plancher crasseux. Tout en se traînant lamentablement, l'étudiante prend une petite inspiration, puis deux ; elle se met à gémir. Progressivement, ces infimes lamentations muent en de minces plaintes, puis des cris plus soutenus. Enfin, s'amplifient jusqu'à en devenir des hurlements. Ce qu'elle a vu dans cette chambre la rend tellement hystérique, qu'elle en hurle maintenant de tout son gosier ! C'est sûr, elle va réveiller tout le monde. Arrivée près de Marc, elle lui agrippe le bras pour s'aider à relever son corps surchargé par la lourdeur de sa découverte.

— Mais il y a quoi là-dedans ? Lui demande-t-il, autant effrayé qu'elle.

— C'est... c'est... oh non... c'est...

Soudain, juste avant que la jeune fille ne formule une réponse précise, une forme imposante apparaît sur la dernière marche de l'escalier ; c'est bouche déformée. Dans le prolongement de son robuste bras droit, le fer d'une énorme hache vient de cogner le sol. Sans que les jeunes n'aient le temps d'esquisser la moindre action, d'un geste brutal, rapide et sec, il soulève son arme et porte violemment la lame acérée sur le cou de Marc. Il le décapite instantanément. Sa tête, chirurgicalement sectionnée, tombe aux pieds d'Estelle en un bruit indicible, se rajoutant à celui du sang giclant des artères apparentes. Le corps étêté du jeune homme bascule sur son meurtrier ; ils dévalent tous les deux les escaliers à grand fracas. Estelle, médusée, trouve la ressource mentale pour remonter en courant au deuxième étage. Sans la moindre hésitation, elle entre dans la chambre d'enfant, enjambe la fenêtre et empoigne vaillamment les lierres. La jeune fille descend le long du mur du manoir. Arrivée à un mètre cinquante du sol, les lianes usées cèdent sous son poids ; elle s'affale à terre, mais arrive à se relever sans trop de mal. Estelle court droit devant elle, vers l'allée de cyprès. À ce moment, la porte d'entrée s'ouvre. Elle se cache aussitôt dans un buisson, s'efforce de se rendre aphasique en plaquant ses deux mains sur la bouche.

— Far où elle est Farfie ?

— J'sais pas, merde, merde, fait chier, mais comment ils ont fait pour s'libérer ? C'est toi qui y es allé en dernier, hein ? T'as fermé à clé ?

— Oui, ve te vure. V'ais fermé, v'en fuis fur.

— Bon, faut absolument la r'trouver, maman, appelle les autres !

La vieille rentre dans le salon, attrape son téléphone :

- *Allô, Sally ? Ton mari est là ?*

- *Oui, je te le passe...   Allo ?*

- *Y a la gamine qui s'est enfuie.*

- *Elle vous a échappé ? Bande d'incapables, on vous avait dit d'les éliminer.*

- *Ferm'la et aidez nous à la r'trouver.*

- *Bon, on arrive dans dix minutes, mais on n'lui laissera aucune chance cette fois !*

- *Aidez nous à la r'trouver j't'ai dit.*

Elle raccroche et instantanément, son téléphone sonne. Elle répond :

- *Allo ? Oui... non monsieur... non... c'est ça... non... non... oui... c'est ça, à tout à l'heure.*

La fuyarde, encore blottie dans son buisson, repasse le film de son ami décapité en une férocité extrême. Cela la fossilise ; gelée, le choc émotionnel grave au burin des marques profondes dans sa structure psychique. Ce n'est qu'au bout de dix minutes que l'instinct de survie reprend le dessus. Elle se détache courageusement de cette vision pour enfin quitter sa piètre cachette, mais au moment où elle en sort, elle aperçoit les phares puissants d'un véhicule sur l'allée de cyprès. La jeune fille se cache à nouveau. Estelle distingue l'un des occupants d'un tout-terrain à travers une vitre ouverte. Elle reconnaît cet homme, c'est " la sale tête ", celui qu'elle avait vu à leur arrivée. L'étudiante s'empresse d'enjamber un petit muret juste derrière, puis court sur un long chemin étroit bordé de pyracanthas jusqu'à un grillage rouillé. Estelle l'escalade maladroitement, lorsqu'elle passe de l'autre côté, le haut d'un piquet lui entaille profondément la cuisse droite. Son short déchiré s'imbibe immédiatement de sang, elle continue de fuir sans trop se soucier de cette blessure.

Dix minutes de cavale plus tard, elle est assez loin du manoir, Estelle ralentit sa course. Épuisée, traumatisée, blessée, la fuyarde s'arrête devant un chêne, se prosternant devant le quercus comme s'il pouvait la protéger. Sa respiration ralentit, ses yeux globuleux sont figés d'effroi, elle regarde devant, à droite, à gauche : il n'y a que des arbres. Elle est perdue dans la nuit au milieu de nulle part, pendue à un destin morbide. La réalité se rompt petit à petit dans son esprit apeuré, alors l'étudiante s'allonge au pied de l'arbre en posant une main sur son ventre et l'autre au sol. Sa respiration ralentit encore. Elle regarde les feuilles du chêne ; sa vue s'obscurcit face à la voie lactée, les battements de son cœur résonnent dans tout son corps, plus forts, encore plus forts. Le visage pantois de la lune semble même compatir à son désarroi. Soudain, Estelle est prise de fortes convulsions jusqu'à l'évanouissement. Aussitôt, ses paupières font des mouvements rapides, elle doit rêver...

Le pick-up est arrivé devant le manoir, les deux occupants sont faces aux propriétaires.

— Bande d'incapables, minables ! Profère le chasseur à la petite famille postée sur le perron.

— Ta gueule toi, on fait c'qu'on a envie, déblatère la vieille en crachant au sol.

— C'est ça, oui, et après ça d'mande d'l'aide hein ?

— Si vous êtes là, c'est pas pour rien, aidez-nous à la r'trouver !

— Par où elle est partie ?

— Ve fuis fur qu'elle est là, dit le colosse en montrant du doigt une direction précise.

— Ah oui ? Bon, laissez-nous nous en occuper maint'nant.

— Et vous nous la ram'nez vivante, ordonne la vieille.

— Elle vous a échappé, hein, on fait c'qu'on veut nous aussi !

— Ram'nez la vivante ! Lui crie encore la vieille.

— Bande d'incapables, minables, répète le chasseur en gueulant à son tour. Qu'est-ce qu'vous allez faire, hein ?

Le colosse descend les marches à toute allure, il flanque sa titanesque envergure devant les chasseurs sans même se soucier des fusils qui se braquent sur lui. Il ne se défile pas :

— Allez-v-y, firez !

— Remonte à côté d'ta mère toi !

— Laisse-les donc, lui demande la vieille. D'tout' façons, ils n'écout'rons plus rien ces deux-là !

— Et comment, vous avez perdu la main sur c'coup.

— Ouai, c'est ça ! Allez-y, r'trouvez la, vous perdez trop d'temps.

— Dès qu'on en aura fini avec elle, on récupér'ra l'pick-up, et on r'partira.

— C'est ça, allez, dégagez, dégagez, dit la vieille en agitant son poignet cassant.

Les deux hommes s'éloignent du manoir en suivant la direction que leur a indiqué bouche déformée. Dès qu'ils s'engouffrent derrière la végétation, la vieille dit à ses fils :

— Mes p'tits, crevez-moi les pneus d'ce rafiot.

Non loin, Estelle est toujours évanouie au pied du chêne, léthargique. Ses paupières continuent à bouger rapidement, elle doit encore rêver. Soudain :

<< *Mmm,* `qu'est-ce` `que...` `ces` `couleurs ?... quelles sont ses couleurs ? Je sens la chlorophylle, j'adore` `cette` `odeur... Il fait nuit ? mais je vois clair... mm ... et cette odeur, c'est quoi ? de la chair... ? Oui de la chair ! et...` `qu'est-ce` `que` `j'entends ? C'est là-bas ? Oui, je le` `vois,` `c'est` `un lièvre : je le veux, je le veux, j'ai faim, j'ai faim, j'ai trop faim !* >>

Estelle avance discrètement vers le gibier dans un environnement transformé, son champ de vision s'est considérablement élargi. Elle serpente à quatre pattes autour des broussailles et des arbres sans ne faire aucun bruit. Elle chasse. La discrétion en devient obsolète ; c'est un instinct, un camouflage inné. Voilà, elle est à quelques mètres de sa proie, sans que celle-ci n'ait pu flairer quoi que ce soit. D'un bond fulgurant, elle se jette sur l'animal pour l'éventrer avec ses ongles. Un court instant plus tard, il ne reste plus que la carcasse du lièvre sur le sol : elle l'a dévoré.

On dirait que sa fabuleuse activité onirique semi-consciente lui joue encore des tours, mais de se sentir autant puissante dans ce rêve, ça lui fait du bien ; elle ne lutte pas contre ça. Estelle a maintenant une sensation de ressentiment, une rancœur, puis un subtil désir, un autre appétit, un appétit cérébral ; comme celui de la vengeance. Ce n'est pas très clair, rien n'est plus vraiment clair dans son esprit transcendé, mais ressentant ses drôles de capacités, elle grimpe avec une facilité stupéfiante dans un pin pour scruter les alentours en vue et ouïe frénétiques. La jeune fille aperçoit vaguement deux hommes à un kilomètre de là. Ses tympans ultrasensibles vibrent de leur discussion.

— Cherche par là, `moi je vais` derrière ces noisetiers.

— `Oui, elle n'`doit pas êt' loin.

— On s'retrouve `ici`.

CHAPITRE XI – VENGEANCE.

Estelle est descendue de son arbre guet, elle piste l'un des deux traqueurs à travers le bois pendant que l'autre homme s'approche d'un petit cabanon en briques apparentes. Il y pénètre lentement par une fenêtre cassée ; la chasseuse est déjà là, derrière la baraque. Elle saute sur une citerne d'eau posée contre la façade, puis bondit sur le toit en ardoise sans ne faire aucun bruit. Une très fine fente sur le schiste lui permet d'épier l'individu qui fouille méticuleusement l'unique pièce. Elle le reconnaît, oui ; c'est " la sale tête ", enfin, elle le présume. Il lui paraît moins grand, moins sinistre, moins menaçant, beaucoup moins redoutable. C'est sûr, Estelle n'a plus peur de lui. Il sort, l'étudiante le piste, elle adore ça. Un peu plus loin, il stoppe aussitôt sa marche, statufié ! Il en fait même tomber son fusil. Juste devant lui, se joue une scène cauchemardesque ; il y a un bras découpé, une jambe arrachée, un buste ensanglanté, enfin, la tête de son ami transpercé par un pieu, qui lui traverse un globe oculaire par l'arrière du crâne. Il prend immédiatement son portable, approche l'appareil de l'oreille, mais le smartphone tombe aussitôt à terre, accompagné de sa main droite ; sectionnée ! Les artères radiales et cubitales cisaillées propulsent l'hémoglobine sur sa tempe, pendant que le téléphone à ses pieds gigote, encore maintenu par une main sans bras. Estelle est juste derrière lui, c'est elle qui l'a mutilé avec ses ongles longs, robustes, tranchant comme des scalpels. L'homme se retourne vers elle en un regard consterné, pousse un cri pénible, enfin s'agenouille lourdement tout en tenant son poignet sectionné. Il ne tente même pas de fuir, il abdique. Sidéré. De voir ce gaillard dépourvu, ça lui fait du bien. Estelle se place devant lui, plie les coudes, positionne ses avant-bras telles les fourches d'une transpalette, puis enfonce ses ongles dans la poitrine du malheureux. Elle réitère ce geste des dizaines de fois, s'acharne, s'acharne encore. De persister de la sorte, ça lui fait du bien. Maintenant, la chasseuse renifle nonchalamment à grands coups de narines ce corps décharné sur la terre écarlate.

<< *Mmm , cette odeur, cette chair, ce sang, j'ai faim, j'ai trop faim !* >>

Elle dévore ses organes internes. Estelle remonte sur un arbre après son festin, la bouche dégoulinante du sang de son ennemi. La chasseuse renifle, observe, écoute, entend :

— C'était quoi ce cri ?

— V'en fais rien, v'en ai marre, ve renfre à la maifon, ve vais revoindre maman.

— Bon vas-y, moi je vais continuer à chercher.

La jeune fille reconnaît la voix des frères, enfin, elle le présume. Estelle descend le long du tronc avec l'agilité d'un guépard. Entre arbustes et bosquets, elle s'approche aisément du kidnappeur resté sur place en reniflant l'odeur pourrie du manoir sur ses vêtements. Voilà, il est tout près. La féline se cache derrière un gros rocher ; l'homme est juste derrière le monolithe. Il contourne le bloc de pierre par la droite, pendant qu'Estelle longe sa circonférence dans l'autre sens ; invisible, insaisissable. Le gaillard tient dans ses mains une corde, prêt à enlacer sa proie tel un cow-boy aguerri. C'est alors qu'au point de rencontre fatal, dès qu'il aperçoit Estelle, d'un geste sûr, il envoie son piège et ceint la prédatrice en serrant de toutes ses forces. La scène se fige ! Elle regarde brièvement l'attache-bovin, et au détour d'un rire narquois, elle cisaille le lasso, puis en un geste ultra rapide, lui enfonce ses ongles dans la gorge sans qu'il n'ait pu esquisser le moindre geste. Le corps du traqueur égorgé, spasmodique, se cogne à multiples reprises sur le rocher, puis atteint le sol ; terrassé. La facilité étonnante pour éliminer ses ennemis motive plus que tout la jeune fille, et ne veut pas s'arrêter là. Elle se sent puissante, redoutable, invincible ; ça lui fait du bien. Estelle erre aisément dans ce monde nébuleux, où rien ne va résister à la passion massive qui nourrit son esprit dérangé. Ainsi, elle s'empresse de retourner au manoir maudit, afin d'achever cette jouissante extermination. La chasseuse arrive devant la vieille maison en un quart de seconde, enfin, elle le présume. La bâtisse lui parait moins grande, usuelle. Étrangement, des milliers d'insectes fourmillent autour des lierres, semblant faire se mouvoir la façade noircie. Elle rampe vers l'une des fenêtres à gauche du perron, se cache juste en dessous. En un mouvement très lent et appliqué, elle épie l'intérieur du manoir. À travers des rideaux sombres, la silhouette de la vieille lui apparaît clairement.

<< *Ah toi, toi, je te hais. T'es hideuse, t'es même pas appétissante, mais je veux, je vais quand même te détruire.* >>

La chasseuse tient une fourche dans sa main droite qu'elle vient de récupérer contre le mur du manoir, enfin, elle le présume. Elle se lève, se place en face de la fenêtre fermée, puis avec une force titanesque, lance la fourche au travers. En un fracas de verre brisé, l'arme traverse les carreaux et se plante de toutes ses dents dans le torse de la vieille. Elle en est empalée contre la cloison, entre des casseroles et un meuble de cuisine. Elle meurt sur le coup. Le colosse, alerté par ce vacarme, entre immédiatement dans la pièce. Sans avoir le temps de comprendre ce qu'il se passe, il essuie une gifle de la part d'Estelle, qui s'est déjà introduite à l'intérieur. Ce coup de griffe fulgurant lui déchire ce qui lui servait encore de visage, il s'aplatit au sol, à moitié mort. La féline s'assoit aussitôt sur son buste et se penche vers lui ; elle le fixe. Il hurle, péniblement, laborieusement ; sa bouche n'étant plus qu'une grande ouverture sanguinolente entre ses deux oreilles, que son cri en devient d'une incommensurable morbidité. Le colosse met ses mains devant les yeux, comme pour ne pas voir ce qui est penché sur lui.

<< *T'as peur, hein ? Salop ! Ahhh... maintenant c'est moi qui te vois, je scrute ta frayeur à travers ton regard... Enlève tes mains, dégage ta vue, je veux te voir souffrir.* >>

En un éclair, elle lui cisaille les avant-bras. Maintenant, Estelle le fixe dans les yeux, de très près, avec délectation, insistance, jouissance même. Lorsque ce moment repu, elle plante lentement ses ongles dans les globes oculaires en lui transperçant le crâne. Il meurt à côté de sa mère. La jeune fille quitte la cuisine, elle veut se rendre maintenant devant cette maudite porte en fer, cet endroit qui l'a tant hanté. En passant en face de l'un des miroirs du hall d'entrée, la tueuse se regarde, se contemple. C'est étrange : l'image que lui renvoie la glace est celle d'une créature surnaturelle. Ses yeux, aux pupilles rouges et ovales, sont positionnés sur les côtés de son visage, ses cheveux sont gris, des veines apparentes parcourent toute sa tête et du sang dégouline de ses crocs jusqu'à son menton pointu. Sa peau s'est décollée telle une mue reptilienne, son crâne et ses membres ont démesurément augmenté de volume. C'est un monstre. De voir cette énormité, cela ne semble pas la perturber. Quoi qu'il en soit, elle ne doit pas être ici ; sûrement encore endormie au pied du chêne. Qui sait ? Elle ne se pose même pas la question, pas le temps, pas le moment, pas lorsque l'on rêve. Peut-être au réveil, si elle s'en souvient ? Si elle se réveille ?

Dans le pays des songes, la discrétion est reine. Quelques savants ont tenté de soudoyer la souveraine, mais son royaume est quasi infranchissable. Alors, on devine, on spécule, on invente que de rêver de perdre une dent serait mauvais présage. Soupçonneux. Estelle a souffert d'un traumatisme étant adolescente qui a fortement dérangé son activité onirique. Elle le sait, elle subit, c'est tout. Dans le cas présent, quelque part, elle a quand même l'impression de pouvoir contrôler plus que de raison cette chimère apparue dans le miroir. Quelque part, dans un brouillard épais : sa conscience.

Elle se rend immédiatement au premier étage, arrive devant cette porte en fer. Elle frappe sur le métal avec une force prodigieuse, celle-ci cède au bout d'une minute. À l'intérieur, dans la pénombre, apparaît une forme. Estelle entre lentement à quatre pattes et distingue progressivement ce qui se tient au fond de la chambre. Voilà, elle y est : c'est aussi un monstre hideux, nu, enchaînée au mur. Ses mains, ses bras, ses jambes sont énormes, ses yeux sont comme les siens et autant de veines parcourent son visage terrifiant. Il n'a plus de cheveux et présente des fissures sur son crâne traumatisé. Sa respiration est pénible, bruyante, écorchée. La jeune fille observe la créature en penchant la tête comme font des chiens semblant réfléchir. Elle s'en approche sans crainte, lentement, elle lui touche les mains, les bras, le buste, le visage. Estelle approche sa joue pour se frotter contre la sienne, le renifle.

<< Mmm, cette odeur, oui, je connais

cette odeur. >>

Voilà, elle l'a reconnu : c'est Franck ! Enfin, elle le présume. Elle s'empresse de découper les maillons avec ses ongles dans un feu d'artifice d'étincelles. Il est libéré. Soudain, la chasseuse se retourne précipitamment en un grand bond maîtrisé. La féline se retrouve sur le lit, empoignant les barreaux du sommier avec ses énormes mains. Cou fléchi, oreilles aux aguets, elle entend un véhicule se rapprocher du manoir.

<< Ce *bruit de moteur...* ça arrive, c'est *tout proche, cette odeur de chair humaine... J'ai faim, j'ai trop faim !* >>

Quelqu'un arrive dans la maison, précipitamment, il accourt au premier étage. Lorsqu'il foule la dernière marche de l'escalier, les deux monstres sont déjà devant lui ! Ils lui bondissent aussitôt dessus avec une violence infinie. Ils lui sectionnent les jambes, lui arrachent les bras, Estelle lui dévore même le cœur pendant que Franck créature s'acharne avec une férocité incommensurable sur tout ce qui représente un détail humain. Le sang, les morceaux d'os et de peau sont projetés avec une force incroyable sur les murs et le plafond. Quand ils stoppent le carnage, des grosses taches rouges et de la chair en lambeaux imprègnent ce maudit couloir. Au milieu de la boucherie, les

155

deux monstres sanguinolents se penchent l'un sur l'autre, ils se contemplent encore, se touchent le visage, le torse, puis se lèchent mutuellement. Après s'être lavés, ils redescendent au rez-de-chaussée. Les deux créatures se dirigent vers la porte d'entrée, puis sortent de la maison. Dans le salon, la télévision est allumée. Un vieil écran 8K diffuse un flash d'informations locales énoncé par un présentateur virtuel aux cheveux blancs :

« Bonjour, nous sommes le 2 mai 2042. Depuis deux jours, toute la région est en quarantaine. Les aéroports, les gares et les routes sont fermés. Personne ne doit quitter ou entrer dans le périmètre de sécurité, depuis que l'on a observé les mutations foudroyantes ainsi que les comportements hyper agressifs d'une partie de la population...GRZZZ.... Les autorités compétentes ont signalé qu'un virus aurait échappé au contrôle des scientifiques de l'usine militaire XP10. Cette unité est spécialisée dans les manipulations génétiques. Un incident technique ou un acte terroriste aurait diffusé ce virus dans les canalisations d'eau potable de la ville. Il semble provenir de cellules d'organismes génétiquement modifiés. Cela a dû arriver il y a à peu près trois se-

maines, mais la durée d'incubation du virus à révélé les premiers symptômes il n'y a que quelques jours. GRZZZ.... Nous vous rappelons qu'il est formellement interdit de se servir de l'eau domestique. Les personnes infectées sont incontrôlables et d'une férocité extrême. On dénombrerait déjà plus de deux mille morts. Il est fortement conseillé de ne pas sortir de chez soi. N'hésitez pas à tuer les personnes malades, si c'est pour protéger vos vies, et seulement dans ce cas. Un décret a été signé hier à ce sujet, il n'y aura aucune poursuite judiciaire pour les actes justifiés d'incontestables autodéfenses. GRZZ Les drones de la police et ceux de l'armée procèdent à des contrôles, n'entravez pas leur reconnaissance A.D.N. Des masques à filtres au micron vont bientôt être distribués, malgré que le virus ne présente pas un très grand risque de contagion, comme nous l'a signalé le ministère de la Santé. GRZZ.... Signalez à la police et à l'armée toutes les personnes de votre connaissance ayant quitté la cité il y a plus de quinze jours de cela et l'endroit exact de leur destination. Un site internet a été spécialement créé pour ça. Pour les villes et villages se situant dans le périmètre de sécurité, mais ne bénéficiant pas du réseau d'eau potable, l'alerte est maintenue....GRZZ..... Toutefois, il ne s'agit pas de croire que tous les citadins sont touchés. Beaucoup... GRZZ... d'entre eux paraissent naturellement immunisés contre ce virus. Si vous parvenez à capturer ou à neutraliser une personne malade, veuillez en informer les autorités. Le but n'étant pas d'exterminer les infectés GRRRZZ..... mais avant tout, de les soigner. Très important : le communiqué de la chaîne de TV ML1, qui stipulait qu'une rançon pouvait être versée aux personnes ayant capturé ou neutralisé un malade, est totalement faux !

La L.C.M.G (Ligue Contre les Manipulations Génétiques), relevant de l'autorité de l'académie de philosophie et d'éthique, avait révélé que cette usine travaillait sur l'amélioration des capacités humaines par le biais de cellules d'animaux génétiquement modifiés à caractère agressif, mais aucune investigation sérieuse n'avait été engagée. De plus, il semble aussi.. BRZZ... que leur enquête avait conclu qu'ils négligeaient leur système de sécurité, mais le ministère de la santé n'a pas accré-

dité leurs hypothèses. Depuis un mois, des employés de cette usine, ainsi que d'autres personnes d'horizons diverses, s'évertuaient à soutenir une grève pour que cette condition s'améliore. Ce flash spécial sera de nouveau diffusé dans cinq minutes avec les compléments relatifs à l'évolution de la situation. Merci d'y être attentif. Soyez prudent. Au revoir. »

Au même moment, à l'usine militaire XP10 : Un scientifique met un pistolet automatique dans sa bouche et tire.

Au siège de la L.C.M.G : Le président de l'association rédige une lettre à la présidence.

Au ministère de la santé : La ministre est interrogée par les inspecteurs de la B.R.M.O.P (Brigade de Répression des Malversations d'Origine Politique).

Au ministère de la Défense : Cellule de crise exceptionnelle.

Au village, l'épicière, vivement contrariée par l'absence de son mari à son réveil, frappe à la porte d'une maison ; c'est son amie Sally qui ouvre. La commerçante lui demande :

— Mon Jaco est r'parti cette nuit et il n'est pas rev'nu,

159

l'tien aussi ?

— Non, il n'est pas rentré non plus, mais j'm'en fous, qu'il aille au diable. R'garde c'qu'il m'a encore fait !

Elle lui montre une ecchymose au niveau de la nuque et rajoute :

— J'crois qu'c'est la plus belle matinée d'ma vie, celle où mon enfoiré d'mari est mort. Tu t'rends compte ? Ils en ont tué quatre. Ils n'étaient pt'être pas infectés ces jeunes ?

— Ah bon ? Je n'savais pas, Jacques m'a dit qu'ils étaient partis quand il est rev'nu cette nuit.

— Non non, c'est faux, ils en ont tué quatre, les aut' c'est la vieille et ses fils qui les ont capturés. Y en a un qui s'est transformé, j'crois. Elle a appelé tôt c'matin parc'qu'ils s'étaient échappés. J'viens d'voir passer une Jeep d'l'armée, ils vont nous protéger, mais j'suis sûre qu'mon mari est mort, j'le sens. J'te conseille d'rentrer chez toi et d'fermer à double tour.

— Mon Dieu, oui. Au revoir Sally.

La commerçante suit aussitôt son conseil. Chez elle, elle attend le retour de son mari avec une inquiétude croissante aux tic-tacs d'une vieille horloge sur le mur du salon.

Près du manoir :

— Affirmatif, mon lieutenant, l'adresse est confirmée.

La Jeep de l'armée s'engage dans la propriété.

— La vieille dame avait l'air inquiète au téléphone, j'espère qu'il ne leur est rien arrivé, dit le gradé.

— Combien y en a-t-il, mon lieutenant ?

— Trois, dont un infecté pour l'instant. Ils l'ont enfermé dans une chambre.

— Mais qu'est-ce-qu'il leur a pris ?

— Ils ont cru à la rançon, c'est pour ça qu'ils ont appelé. Bon Dieu de bon Dieu ! Jure le lieutenant.

Il pose la main droite sur son torse garni de quelques galons en disant aux trois autres soldats :

— J'ai vu ce qu'ils deviennent et ce qu'ils sont capables de faire. Je vous assure que c'est effroyable. On ne va pas prendre de risques, confirmation ?

— Confirmé mon lieutenant ! Répondent-ils à l'unisson.

La jeep stoppe illico au milieu du sentier, deux étranges silhouettes humaines arpentent maladroitement le chemin de terre, comme si leurs membres n'étaient plus synchronisés. Les militaires sortent immédiatement du véhicule en pointant leurs armes en leur direction.

— Arrêtez-vous ! Ordonne le lieutenant.

C'est bien à Estelle et Franck créatures que les militaires s'adressent. Le couple infecté stoppe leur marche inhabile, mais instantanément, ils s'accroupissent tels des félins près à bondir sur leur proie.

— Nous allons faire feu !

<< De *la chair humaine, c'est bon la* `chair hu-maine...Ahhh,J'ai faim,` *j'ai faim, j'ai trop faim* . >>

À peine à vingt mètres des mitraillettes, les créatures affamées bondissent furieusement sur les militaires ; sans la moindre hésitation, sans aucune notion de danger. Quelque part, dans un brouillard trop épais, trop gras : leur conscience.

— Feu ! Ordonne le lieutenant.

Rafales... Des dizaines de balles de gros calibre transpercent les monstres, déchiquetant leur corps déjà délabré par la mutation. Ils s'écroulent sur les graviers, morts.

— Cessez le feu !

Les soldats s'approchent prudemment des créatures ensanglantées.

— Regardez-moi ça ! Vous avez vu ? Qu'est-ce qu'on a fait, mais qu'est-ce qu'on a fait ? Bon Dieu de bon Dieu, jure encore le lieutenant.

Les autres ne répondent pas, mitraillettes pointées sur leurs cibles, ils contournent les corps en les fixant attentivement, doigts sur les gâchettes ; prêts à tirer encore. Le gradé dit :

— Il en manque un ! Nous allons fouiller dans la maison, il faut l'éliminer aussi s'il est dans cet état.

Ils pénètrent dans le manoir, découvrant amèrement le carnage. L'un d'entre eux sort en courant pour vomir sur le perron. Il s'assoit sur une marche, regarde le ciel voilé ; ivre de dégoût. Le gradé le rejoint, lui dit en posant une main consolatrice sur son épaule :
— Les malheureux, ils n'ont pu se défendre contre ces monstres. Qu'est-ce qu'on a fait, mais qu'est-ce qu'on a fait ? Bon Dieu de bon Dieu, on l'a défié, et il nous punit !

Au même moment, quelque part dans le monde, une fillette entre dans la chambre de sa maman en grognant.
— Miss Emily, Miss Emily ? c'est toi ? que fais-tu ?
Miss Emilyyyyyyy... noooooooon, aaaaaaaaahhhhhhhh
Elle vient de massacrer sa mère pour la dévorer.

Une semaine plus tard, un peu partout sur la planète, des incidents tels que le meurtre ultra violent d'une mère par sa fillette de six ans se sont multipliés. La mise en quarantaine n'a pu confiner les infectés qui avaient quitté la ville pendant le temps d'incubation de ce virus génétiquement modifié. Cela a été l'un des accidents sanitaires les plus effrayants que le monde ait connu, sans précédent. On a dénombré plus de cinquante-mille morts en quelques jours.

L'événement a ébranlé l'économie mondiale, la sécurité des territoires, les religions et la récente académie de philosophie et d'éthique. Un bourdonnement assourdissant de fureur intellectuelle et religieuse a résonné telle une bombe atomique spirituelle. Cela a remis en cause les manipulations génétiques d'ordre médicale, génomique et quantitative. L'ensemble des institutions scientifiques de tous les pays du monde relevant de cette recherche ont été mises en suspend avec une vigueur immodérée. Même l'ultra puissant Google s'y est plié. Les scientifiques de l'usine XP10, qui ont détourné malgré eux et aux ordres de quelques sabreurs ces expériences à des fins militaires, avaient fait une avancée prodigieuse en manipulation et intrication de l'A.D.N. humain et animal. Ils avaient pour mission de créer une sorte d'armée transhumaniste. Depuis l'invention de CRISPR Cas9 dans les années 2010, les manipulations génétiques se sont avérées d'une redoutable efficacité et d'une rapidité exponentielle. Dans le cas présent, la légifération mondiale votée en mai 2029 par l'académie de philosophie et d'éthique et les religions a été honteusement bafouée. Ces deux courants de pensée, historiquement opposés, s'étaient pourtant puissamment liés cette fois pour une cause universelle, tant ils avaient compris que le seul domaine médical, telle la thérapie génique, n'aurait pas survécu aux ambitions effrénées et enragées d'hommes sans scrupules ou d'États voyous. Au-delà des discriminations génétiques qui commençaient à bourgeonner sérieusement, ils avaient anticipé un tel drame. Ils ont constaté l'échec de leurs lois non sans désespoir, mais avec humilité, s'évertuant à poursuivre les efforts fournis par la rédaction de nouveaux textes. Heureusement que les infectés n'ont eu qu'une durée de vie de quelques jours et que le virus n'ait pas été très contagieux ; cela a certainement sauvé l'humanité. La mégalopole source de l'épidémie est maintenant taxée des noms empruntés aux cités maudites de l'histoire. Le sien figurera désormais au sommet d'un triste classement.

Au cimetière de la ville, une femme se tient difficilement debout, vacillant devant une tombe fraîchement fleurie. C'est celle de son défunt mari, le scientifique qui s'est suicidé à l'usine XP 10. Elle s'adresse à la stèle avec une poignante tristesse :

— C'était déjà trop tard Vincent, Franck est mort, ses amis aussi, ils sont tous morts, c'était déjà trop tard. Ton conseil pour les éloigner d'ici a été vain, c'était déjà trop tard.

Une énième pesante larme coule sur la joue d'Irène, tombe au sol, puis ruisselle mélancoliquement entre les barreaux en fonte d'une banale canalisation.

Note de l'auteur.

Je tiens à vous faire part des circonstances dans lesquelles j'ai finalisé ce roman. En effet, vous aurez constaté que l'actualité récente résonne singulièrement avec cette histoire, que j'ai pourtant commencé à rédiger au début des années 2010. J'avais déjà, à cette époque, le scénario au complet ; le fond était présent, mais la forme a été bien longue à se dessiner, comme vous pouvez le constater.

J'ai souhaité publier cet ouvrage autour d'une année après l'édition de ma nouvelle : "Le frisson et la peine", histoire de... J'ai envoyé le manuscrit (ou plutôt le tapuscrit, c'est comme cela qu'on le nomme maintenant) en correction, une vingtaine de jours avant l'annonce du confinement en France ; c'est-à-dire bien avant que l'on prenne vraiment conscience chez nous de la dangerosité de ce nouveau virus : le SARS-Cov-2. La vitesse de propagation due à la contagiosité de ce dernier et/ou son caractère asymptomatique (plus la mondialisation qui en est un terrain de glisse formidable) a beaucoup surpris. Ce qui a généré des gestions ambiguës de la part des autorités. Et je ne sais, le jour où je rédige cette note (nous sommes le 5 avril 2020, en plein confinement), où cela va nous mener. La réalité a presque rattrapé la fiction.

Je tenais aussi à vous assurer que je ne me suis servi en rien de l'actualité pour étoffer ou rajouter des passages qui auraient pu rendre l'histoire plus crédible. De plus, ma réflexion se porte davantage sur les manipulations génétiques, sur le transhumanisme et sur les discriminations génétiques, qu'à propos des virus en eux-mêmes (cf. CRISPR-Cas9 *et* Coleman Chadman *sur votre moteur de recherche préféré). Enfin, des scénarios catastrophes et d'anticipations tels que :* "Eux", *on en a lu et vu des tonnes.*

J'ai donc fait un bref clin d'œil au superbe film "Bienvenue à Gattaca" *par les prénoms donnés aux parents de Franck, ainsi qu'à l'excellent film d'*Alessandro Amenábar *: "Les autres", dont mon titre fait écho.*

J'ai aussi inséré des titres de Jacques Brel (La ville s'endormait, Sans exigences) *et quelques passages de chansons tels que :* « Le père qui est mort d'une glissade, l'horloge au salon, les adipeux, aux ordres de quelques sabreurs » (Ces gens là, Les vieux, Orly, Jaurès) *en référence, pour exprimer comme lui un certain désir d'apaisement entre philosophie et religion, que l'on retrouve phrasée dans un couplet de la chanson* "Le moribond", *lorsqu'il s'adresse au curé :* « On n'était pas du même bord, on n'était pas du même chemin, mais on cherchait le même port. » *Je la trouve grande de paix.*

L'éthique est un bien vaste concept aux frontières indistinctes. Je souhaite l'avènement de gens compétents afin d'œuvrer pour que l'on ait pas à subir en redondance des scénarios pénibles à gérer. Trouver cette limite de l'affront matricide avec la nature ; nous-même, notre conscience. Car n'oublions jamais que nous faisons, malgré la bêtise que nous pouvons générer, partie intégrante de la vie, du phénomène vie, soit-il autant difficile à cerner. Je trouve tout de même que l'on dissocie bien aisément et très sèchement l'être humain de la nature dans le langage usuel. Cela ne devrait pas sortir des mythes et des fables pour nous y opposer trop violemment. Ou notre destin en serait-il ainsi ?

« La conscience est la dernière et la plus tardive évolution de la vie organique, et par conséquent ce qu'il y a de moins accompli et de plus fragile en elle. »

Friedrich Nietzsche

Je remercie infiniment Sonia pour sa contribution immodérée à la finalisation de ce roman, ainsi que mes bêta-lecteurs(trices) conseillers depuis le début de cette longue trame. Frédéric.

Printed in Great Britain
by Amazon

438730R00097